오늘도 변화무쌍

오늘도 변화무쌍

최다빈 지음

계획대로 되지 않아도 괜찮아

상상출판

들어가며

계획대로 (안) 되고 있어

때는 2005년, 초등학교 5학년의 어느 날이었다. 당시 다른 도시에서 일하시던 아빠는 주말에만 집에 오실 수 있었다. 그래서 나는 아빠를 보는 주말을 일주일 내내 기다리곤 했다.

그런데 그날은 주말이 아니었다. 늘 오시던 저녁 시간대도 아니었다. 완전한 새벽, 나는 어디선가 들려오는 한 맺힌 흐느낌에 잠에서 깼다. 소리를 따라 슬며시 거실로 나가 보니, 주저앉아 울고 계신 아빠의 뒷모습이 보였다. 처음 본 원통한 아빠의 모습이었다. 15년이 흐른 지금도 생각만으로 가슴이 미어지는 서글픈 울음이었다.

막내 할아버지의 부고였다. 그 소식은 가족 모두에게 충격이었다. 그도 그럴 것이, 막내 할아버지는 젊고 건강하셨다. 떠올렸을 때 농담을 치며 환하게 웃으시는 이미지가 대부분일 정도로 밝은 분이셨고, 매일 헬스를 다니고 건강식을 챙겨 드실 정도로 건강관리도 열심히 하셨다. 눈에 띄는 지병도 없으셨다. 그런 할아버지가 하루아침에 하늘로 가시다니. 누구도 예상치 못한 시나리오였다. 죽음은 이렇듯 갑작스럽고 강하다. 인생은 정말 허무할 정도로 예상을 벗어날 때가 있다.

우리가 세우는 계획에 '죽음'이 포함되어 있는 경우는 드물다. 그러나 사실 죽음은 우리와 실제로 너무 가깝다. 언제나 나에게 닥칠 수 있는 일이고, 어쩌면 우리가 향해 가는 방향이라고 할 수도 있다. 하지만 우리는 그 변수를 너무나 쉽게 간과한다. 그리고 이렇게 간과할 수 있다는 건 큰 능력이다.

우리는 예측 불가한 새로운 것들 앞에서 자주 망설인다. 불안하고 겁나기 때문이다. 나를 포함한 대부분의 사람들이 그렇다.

하지만 미리 이런저런 난관을 예상하고 두려워할 필요는 없다. 어차피 장담할 수 없는 미래이니, 일단 괜찮을 거라고 믿어 보는 거다. 지금 우리가 죽음을 전혀 염두에 두지 않고 살아가는 것처럼 말이다.

철없을 시절 끄적였던 다이어리를 시간이 지난 후 다시 꺼내 읽어 본 적이 있는 사람들은 알 것이다. 다이어리를 펼치면 만나게 되는 지금과는 사뭇 다른 과거의 나. 그리고 그 속에 적힌 글자들로 전해지는 뜨악하는 창피함을. 나에게 이 책은 바로 그런 존재이다. 겁 많고, 비겁하고, 또 초라했던 나의 과거를 그때 그 감정 그대로 여과 없이 보여 주는 낡은 일기장과 같은 존재.

부끄럽지만 그런 기억들을 글로써 공유하고자 책을 내게 되었다. 불안해도 나와 같은 사람이 있다는 걸 알면 조금 더 용기가 나기 마련이니까. 내가 한 발자국 뗄 때마다 마주했던 새로운 세상을 이 책에 담아 여러분에게 소개하고자 한다. 계획대로 되지 않아서 더 새로울 수 있는 것 아닐까.

최다빈

목 차

1장
미운 오리 둘째

2장

내 맘대로 안 되는 인생

3장

뷰티 유튜버를 한다고?

4장
나는 오늘도 나를 믿는다

1장

미운 오리 둘째

너 말고
네 언니

"둘째고 뭐고~ 내는 필요 없다! 쏭만도 이렇게 예쁜데, 뭐 할라꼬? 내는 쏭한테 이미 내 사랑 다 줘뿌가, 둘째한테는 정 안 줄란다!"

이 쪼잔한 어록의 출처는 바로 우리 할머니의 입이었다. 할머니는 까칠하고도 꼿꼿한 분이셨기에, 실제로 둘째 손주인 내가 태어났을 때도 당신의 말을 지키려고 하셨다고 한다. 짐작했다시피 여기서 쏭은 바로 우리 언니다. 어린 시절 나의 자아 형성에 가장 큰 영향을 끼친 사랑하는 나의 친언니.

내가 태어날 즈음 쏭은 초롱초롱 동그란 눈망울에 툭 튀어나온 거대한 앞짱구를 가진, 누가 봐도 아주 귀여운 외형을 하고 있었다. 할아버지 6남매, 아빠 4남매로 이루어진 부산 친가의 관심을 한몸에 받은 우리 집 첫째였고, 남들보다 말을 일찍 뗀 덕분에, 여느 집안의 흔한 착각처럼 천재, 똑똑이로 여겨졌다.

"할머니 머하노~?"
"이거 맞나~!"

게다가 당시 아기 새 부리 같은 쪼그만 입으로 내뱉는 몇 마디가 모두 깜찍한 사투리였으니, 아마도 지구 뿌시는 깜찍함이었을 거다! 쏭은 밥을 잘 먹지 않는 것 외에는 부모 속 썩이는 일이 없을 정도로 성격도 둥글둥글 착한 아기였다. 명절이나 어른들 생신처럼 가족이 한데 모이는 날이면, 쏭을 가운데 두고 빙 둘러앉아 모두가 시간 가는 줄 모르고 있었다고 한다. 쏭이 웃으면 따라 웃고 쏭이 울면 안절부절 못하는, 온가족 대통합의 장이었음을 짐작할 수 있다.

쏭이 이렇게 모두의 사랑을 독차지해 온 지 2년째 되던

해, 나는 그녀의 동생으로 태어나게 된다. 앞에서 얘기한 바와 같이, 둘째는 태어나자마자 고달팠다. 할머니는 나를 잘 쳐다보지도 나와 놀아 주지도 않으셨다. 원래도 겉으로 마냥 인자하시지만은 않은 흔히 말하는 츤데레 타입이셨는데, 미워하기까지 하셨으니 찬바람이 쌩쌩이었다고 할 수 있다.

나는 이렇게 태어나서부터 '할머니의 미움'이라는 난관을 만나게 되지만, 그렇다고 너무 오해는 않았으면 한다. 아주 딱딱한 떫은 감도 조금의 노력과 시간을 들이면 부드럽고 달달한 홍시가 되는 법!

'하이고~ 아무것도 모르는 아 주제에 애쓴다, 애써… 마음이 안 녹을 수가 없게 해뿌네! 고거 참…….'

자랑은 아니지만 우리 할머니가 생전에 하신 말씀인데, 어린 시절 나는 눈웃음이 치명적인 애교쟁이였다고 한다. 그렇다. 나는 그런 할머니에게 먼저 다가가 과일을 먹여 드리고, 쫑알쫑알 말을 붙이고, 이따금 치명적인 눈웃음을 발사하는 등 온갖 '예쁜 짓'을 하며 할머니 사랑을 쟁취

할 줄 아는 아기였던 것이다. 그때의 모습이 할머니 기억에 각인되어서였을까, 내가 크면서 무뚝뚝하게 변해 갈 때도, 할머니는 나를 보면 항상 '저 여시(경상도 말로 여우라는 뜻) 같은 게~' 하며 웃음 짓곤 하셨다.

하지만 어린 시절의 너그러움과 순수함은 머리가 크면서 생겨난 욕심과 질투에 곧 잡아먹혀 버렸다. '둘째의 서러움', 괜히 있는 말이 아니었다. 언니는 앞서 말했듯 똘똘한 장녀였고, 나보다 두 살 어린 동생은 우리 집안의 유일한 남자아이로서 '아들, 아들'을 외치던 기성세대 조부모님들의 관심과 사랑을 듬뿍 받았다. 나는 바로 그사이에 끼인 애매한 존재였다. 막 덧셈 뺄셈을 깨우칠 무렵, 나는 이미 수많은 물음에 잠식되어 있었다. 할머니랑 할아버지는 왜 동생만 몰래 불러 사탕을 하나 더 주시는 거지? 왜 함께 나눠 쓰라고 받은 선물 중 가장 예쁜 건 항상 언니가 독차지하는 거지? 왜 언니는 첫째라며 용돈을 더 받고, 동생은 남자라며 용돈을 더 받는 거지? 나는 왜 항상 '쫑은 언니니까 동생 다빈이가 양보해야지' '쭌은 동생이니까 누나 다빈이가 양보할 줄 알아야지'라는 말을 듣고는 아무 말도 할 수 없는 거지?

1 더하기 1은 2가 되어야 하는데, 왜 언니랑 동생은 0 더하기 0을 해도 2를 받아 가는 것 같은가. 동생보다 얄미웠던 건 언제나 나와 비교 대상이었던 언니라는 사람이었다.

어린 시절 언니는 친구도 많고 외향적이었던 데 비해, 나는 매우 내성적이었다. 얼마나 내성적이었냐면, 사회성이 거의 0으로 수렴했다고 말할 수 있을 것이다. 낯가림이 심해 매주 보는 선생님의 질문에 고갯짓으로 '예' '아니요'를 대신했고, 4년간 꾸준히 다닌 피아노 학원에서는 '화장실 가고 싶어요'라는 말도 못 꺼냈을 정도였다. 아픈데 아픈 걸 말하는 게 어려워 조퇴를 못 했고, 억울한 일이 있어도 설명이 어려워 그냥 혼이 나고 말았다. 그저 조용하게, 선생님이 이름도 헷갈리실 정도로 존재감 없는 학교생활을 했던 나와는 달리, 언니는 반장도 부반장도 도맡을 정도로 활발했다.

우리 엄마는 항상 '쏭 엄마'라고 불렸다. 적어도 내 기억엔 그랬다. 언니와 나는 같은 초등학교에 두 학년 차이로 다녔기 때문에 부모님이 학교를 방문하시는 학부모 회의가 겹치는 경우가 많았다. 그럴 때면 엄마는 항상 언니 반으로 먼저 발걸음하셨고 학부모 모임에서도 마찬가지였다. 할머니와 학교 정문에서 엄마와 언니를 기다릴 때면, 나는 할머니께 꽤 자주 투덜거렸다.

"할머니, 왜 우리 엄마는 우리 반에 안 와요? 언니네 반 엄마들이랑은 밥도 먹고 놀러도 가는데 왜 우리 반 엄마들하곤 안 친해요? 아무도 우리 엄마를 '다빈이 엄마'라고는 부르지 않잖아요."

"그건 니네 언니가 학년이 높아가꼬 그렇지! 암, 학년이 더 중요할끼다!"

그럴 때면 할머니는 이런 의미 없고 냉정한 대답을 해주실 뿐이었다. 내가 언니보다 학년이 높아지는 건 죽어도 일어나지 않을 일이었다!

초등학교 저학년 시절 학생들 사이에서는 학교에서 진행하는 방과후수업과 윤선생, 구몬학습, 재능교육, 빨간

펜 같은 학습지가 유행했었다. 우리 집에도 일주일에 한 번씩 학습지 선생님이 오셨는데, 오시는 날에는 십 분 정도 간단하게 진도를 나가고 다음 일주일 치 숙제를 할당해 주시는 식이었다. 언니는 학습지 숙제를 내내 미루다가 선생님 방문 바로 전날 쌓인 숙제들을 해치우느라 힘들어했는데, 그 모습은 매일매일 꼬박꼬박 숙제를 끝내 놓는 내 눈에는 이해가 안 가는 모습이었다. 참 이상한 언니였다.

언니는 어른들이 없는 날이면 집에서 항상 티브이만 보고 있었다. 한 편, 두 편, 세 편… 정말이지 이럴 때만 탁월한 집중력으로 화면에서 눈을 못 떼다가 현관문 소리가 나면 바로 이 순간을 대비해 내내 붙들고 있던 리모컨으로 후다닥 전원을 끄고 태연하게 어른들을 맞이했다.

보다 못한 내가 답답한 마음에 "언니야 숙제하자!"라고 소리치면, 언니는 "죽고 싶나? 니나 해라! 신경 좀 쓰지 마라!" 하고 성질을 내기 일쑤였다. 까칠한 반응에 속이 상한 내가 "그럼 엄마한테 이른다?"를 시전하면 "니도 아까 같이 봤으니 공범이다!"라는 반격이 돌아왔다. 똑똑한 언니에게 끝까지 덤벼봤자 지는 건 나였다. 그렇게 의지가 쪼그라든 나는 차마 더 덤비지는 못하고, 혼자 방에 들어가 씩씩대면서 학습지 문제를 푸는 식이었다. '내가 일부러 신경 써 주는 것도 모르고!' 참 이상하고도 얄미운 언니였다.

학습지 선생님보다 무서운 사람은 바로 우리 엄마였다. 엄마는 일주일에 두 권씩, 집에 있는 위인전을 골라 읽은 후 독후감 쓰기 숙제를 내주셨다. 달성하지 못하는 날에는 끔찍한 회초리가 우리를 기다리고 있었다. 당연히 학습지보다 급한 숙제는 위인전 독후감이었다.

위인전 한 권을 겨우 다 읽고 독후감 완성에 한참 걸리는 나와 달리, 언니는 늘 굉장히 빠른 속도로 독후감 숙제를 해결했다. 책 읽는 모습을 본 적도 없는데 이미 독후감을 완성했다고 하기도 했다. 믿기 싫지만 언니가 쓴 독후감은 매우 훌륭했다. 나는 그런 똑똑하고 비상한 언니의 모습이 부럽고 존경스러웠다. 적어도 "야! 위인전 뒤에 작은 글씨로 한 바닥 요약된 거 몰랐나?" 하는 뒤통수 날리는 말을 듣기 전까지는 말이다.

언니의 꼼수는 충격적이었다. 그도 그럴 것이 나로 말하자면 어릴 때부터 '매뉴얼에 따라' '정직하게'를 좌우명으로, 마음에 없는 소리는 입 밖에 내지 못하고, 스스로 정해 놓은 규칙에서 벗어나길 거부하는 답답한 타입이었다. 나이가 들면서 사회적 능력치를 업그레이드한 터라 지금이야 융통성을 발휘하지만, 어릴 땐 정말 조금의 약삭빠름도 꾀하지 않는 미련곰탱이 어린이였다. 그런 나에게 언니는 정말이지 최고로 얄미운 사람이었다.

신기하게도 집에서든 밖에서든, 언니는 모든 곳에서 에이스였다. 언니는 수영도 잘했고, 태권도도 잘했고, 그림도 잘 그렸다. 그중 발레 실력은 독무대에 설 정도로 출중했다. 동요 대회에 나가 입상하기도 했다.

그에 비해 나는 수영을 무서워했고, 태권도 자세도 어정쩡했으며, 그림 실력도 특출나지 않았다. 발레 학원에서는 일자로 쭉 뻗은 유연한 언니 다리를 볼 때마다 내 다리의 뻣뻣함에 속상했고, 피아노 학원에서 노래라도 할라치면

음 이탈이 나서 창피했다. 언니와 함께 다니는 학원에 엄마가 상담차 방문하실 때면, 선생님들은 대부분 언니 얘기를 먼저 자랑스럽게 꺼낸 다음, "다빈이도 조용하고 착하게 잘 따라와요"라는 말만 의례적으로 덧붙이곤 하셨다.

학원에서 새로운 무언가를 배울 때마다, 언니는 가족들을 관객으로 앉혀 두고 재롱잔치를 열었다. 그럴 때면 언니는 항상 완벽했고, 나는 실수투성이였다. 내가 잘 못하는 걸 알면서도 꼭 나를 옆에 두고 제 실력을 뽐내야 하는 건지, 언니가 원망스럽고 얄미웠다. 어리고 좁은 나의 시선에서, 주인공은 항상 언니였고, 나는 언니의 무대를 더욱 빛나게 하는 코러스에 불과했다. 언니는 배우는 것뿐만 아니라 달리기도, 땅따먹기 게임도 잘했다. 꼼꼼해서 남을 잘 챙겨 주고, 쾌활한 성격 덕에 인기도 많았다. 나는 성격이 소심해서 주변을 불편하게 만들었으며, 무얼 하든 습득이 느렸고 덤벙거렸다.

나의 어린 시절은 언니와의 비교에 억울해하거나, 어른들이 나를 주목해 줄 때 기뻐했던 기억이 대부분이다. 생각해 보면 꽤나 우울한 회색빛 장면들이었던 것 같다. 그러나 누구나 강점이 있다. 중요한 건 그 강점을 볼 줄 아는 눈이다. 그 어린 시절의 내가 언니의 꼼수에 맞서는 나만의 우직함을 볼 수 있었나면, 언니의 빠른 습득에 맞서는 나의 꾸준함을 볼 수 있었다면 얼마나 좋았을까.

세상에 절대적인 '옳음'은 있을 수 없는 일이다. 지금 내 눈에 보이는 거부할 수 없는 '객관적' 사실이, 다른 사람의 '객관적' 시선에서 전혀 다르게도 보일 수 있는 것이었다. 그 시절의 언니나 나나, 실은 누구 하나 더 잘나고 더 못날 게 없었다.

그 어린 시절의 내가

나만의 꾸준함을 볼 수 있었다면.

이상한 나라의 이방인 가족

초등학교 3학년 막바지, 혼자 중국에서 지내며 기러기아빠 노릇을 해 오셨던 아빠가 갑작스럽게 큰 교통사고를 당하셨다. 택시를 타고 달리던 와중 심한 충돌사고가 일어났다는데 하마터면 큰일 날 뻔한 아주 심각한 사고였다. 이후 아빠는 천만다행으로 의식이 돌아오셨지만 이 상태로 계속 떨어져 살다가는 불안해서 못 살겠다는 엄마의 판단으로 온 가족이 중국 칭타오로 이민을 가게 됐다.

처음 이민 결정이 났을 때, 난 아무 생각이 없었다. 열 살의 나에게 중국은 당시 유행하던 게임 캐릭터의 본고장 그 이상 그 이하도 아니었고, 사실 '외국'이라는 개념 자체가 생소했다. 친구들이 서운해할 때도, 할머니랑 할아버지가 눈물을 흘리시며 우리 가족이 탄 자동차가 멀어질 때까지 손을 흔드실 때도 그저 '별일도 아닌데 왜들 저렇게 야단일까?' 하는 마음이었다.

그러나 당연히도 실제로 마주한 중국은 한국과 많이 달랐다. 타지로 멀리 여행해 본 사람들은 알겠지만 외국은 공기부터 다르다. 낯선 중국 땅에 내렸을 때 텁텁한 냄새와 알아볼 수 없는 글자로 둘러싸여 있는 상황은 생각보다 더 이상하고 언짢았다. 나는 문득 엄습하는 두려움을 느꼈다.

'앞으로 이런 곳에서 산단 말이야?'

중국의 첫인상은 좋지 않았다. 행인들은 인상을 쓰며 어깨를 툭툭 부딪치고 다녔고, 길거리에는 정리되지 않은 쓰레기가 나뒹굴어 지저분했다. 택시는 내부가 하얀 천으로 덮여 있었고, 차 중앙에는 쇠창살이 달려 있어 차갑고 무서운 분위기를 풍겼다. 어떤 사람들 머리에는 비듬이 보이기도 했고, 내용을 전혀 알아들을 수 없는 그들의 언어는 대체로 날카롭고 불친절했다. 집에서 매일 보던 할머니, 할아버지가 보고 싶었고 동네 친구들 없는 하루하루는 심심했다. 지금은 많이 나아졌겠지만, 자그마치 십오 년 전에는 지금이랑은 비교도 안 되는 통신망으로 한국과 소식을 주고받기도 어려웠다. 비싼 요금 탓에 오래 들고 있지도 못했던 인터넷전화기, 언니와 동생 사이에서 차례를 기다렸다가 접속하는 인터넷 채팅으로는 위로되지 않는 허전함과 외로움이 있었다. 그리움이란 감정을 처음 느꼈던 시절이었다.

음식도 생소했다. 포도 맛을 기대하고 보라색 아이스크림콘을 샀다가 난생 처음 맛보게 된 웬 '빵 맛'의 당황스러움이란! 이 정체는 '타로'였는데, 생전 처음 먹는 고소하고도 달달한 맛을 우리는 '빵 맛'이라고 불렀다. 맥도날드에서 불고기버거인 줄 알고 주문한 양고기버거의 강렬한 향에 눈물을 찔끔하기도 했고, 향신료가 가득한 매운 불량식품을 맛보고 종일 입안이 얼얼했던 적도 있다. 한편으로는 유별나게 고소한 우유 맛에 놀랐던 기억도 생생하다. 중국으로의 이민은 어린 내 생각보다 별일이 맞았고, 그런

혼란은 겁 많고 소심한 나를 더욱 움츠러들게 했다.

3월에 학기를 시작하는 우리나라와는 달리 중국은 가을에 학기가 시작된다. 중국에서의 첫 학기가 시작되기 전까지 우리는 '춘링'이라는 가사도우미 아줌마와 종일 함께 지냈다. 그때나 지금이나 중국 인구가 많고 인건비가 상대적으로 저렴했기에 가능한 일이었다.

춘링은 통통하고 귀여운 인상에 밝은 머리색을 가진 삼십 대 아줌마였다. 춘링의 행동은 우리와는 많이 달랐다. 어린 내 눈에 참으로 이상하고, 신기하고, 짜증이 날 때도 있었다. 물이 필요할 때면 춘링은 날씨에 상관없이 아주 뜨거운 물을 준비해 주었고, 어떠한 부탁을 할 때마다 입버릇처럼 "마샹(马上: 즉시, 곧)!"이라고 말하면서도 아주 느리게 움직였다. 좋은 일이 있을 때나 머쓱한 일이 있을 때나 그녀는 늘 쌍꺼풀 짙은 눈웃음과 함께 "허허"라며 너털웃음을 터뜨리곤 했다. 속상한 일을 춘링에게 털어놓아도 그저 사람 좋게 웃을 뿐이니 답답할 때가 한두 번이 아니었다. 그래도 나는 춘링이 재미있고 좋았다.

매미울음이 귀를 때리던 어느 무더운 날, 춘링과 함께 거실 소파에 앉아 간간이 들어오는 여름 바람 냄새를 즐기고 있을 때였다. 갑자기 소파 바로 옆 창문 방충망에 손바닥만 한 매미가 붙어 있는 걸 동생이 발견하곤 꺅꺅거렸다. 매미 때문에 소스라치게 놀라 온몸이 얼어붙은 우리 삼 남매와 달리, 춘링은 늘 짓는 표정과 너털웃음을 한 채 창문으로 다가갔다. 그러더니 매미를 쫓아내기는커녕 아무 거리낌 없이 잡아 드는 것 아닌가!

"이거 정말 맛있는 건데~!"

그날 춘링이 기어코 매미 요리를 해 주었을 때의 그 충격을 아직도 잊을 수 없다. 튀겼는지 삶았는지 모를 그 요리는 우리 삼 남매는 물론 엄마에게조차 거부당해 오롯이 춘링 차지가 됐다. 춘링은 우리 반응에 아주 재미있어했다.

중국에서 이런 웃긴 상황을 맞닥뜨릴 때마다 나는 이상한 나라에 떨어진 앨리스가 된 기분이었다. 현실과 동떨어진 꿈같은 세계에 와 있는 기분, 영화에서 본 것처럼 화려하고 삐까번쩍한 세계가 아닌 낙후되고 느릿느릿한 세계 말이다. 한국에 대한 그리움이 펑펑 터져 버리는 순간들이 었다.

당시 유행처럼 중국으로 건너온 또래의 한국 가정들을 크게 두 가지로 분류해 볼 수 있는데, 하나는 자녀들의 대학 진학을 염두에 두고 교육을 위해 온 경우, 나머지는 현실적인 문제로 어쩔 수 없이 이민을 선택한 경우였다. 전자는 대개 넉넉한 가정으로, 한국인 학생들을 대상으로 한국인 선생님들이 한국 교과과정을 가르치는 재외한국학교 혹은 원어민 선생님이 가르치고 미국식 교과과정을 따르는 국제학교로 진학한다. 우리 가족은 말할 것도 없이 후자였으며, 우리 삼 남매는 선택지 없이 현지 학교로의 진학이 결정됐다.

내 눈에 비친 현실과 실제는

그 오차가 생각보다 크기 마련이다.

중국 학교에서 살아남기

설렘보다는 두려움이 훨씬 컸던 9월의 어느 날, 일제히 하늘색 체육복을 입고 빨간 스카프를 두른 아이들이 호기심 가득한 시선으로 날 맞이했다. 한 반에 무려 60명이 넘는 아이들이 다닥다닥 좁게 붙어 앉아 있었고, 교실은 어둑했으며, 불쾌한 냄새가 났다. 완전 긴장 상태로 간단히 자기소개를 마친 후, 교실 안쪽으로 걸어 들어갔다. 수군거리는 낮은 소리와 달갑지 않은 눈초리를 정면으로 맞으며 한 걸음씩 옮겨 가는 숨 막히는 순간이었다.

아무 내용도 알아듣지 못한 채 보낸 첫날 수업에서 기억나는 건 곁눈질로 일 초마다 나를 한 번씩 쳐다보는 짝꿍의 까만 눈동자와 동그란 이마, 귀를 찌렁찌렁 울리는 중국 억양의 휘몰아침 이 정도뿐이다.

몇 번째 수업인가 끝을 알리는 종소리를 듣고 화장실에 가려고 일어날 때였다. 그러자 순간 정적과 함께 어떤 낌새가 느껴졌다. 앞선 쉬는 시간과는 다르게 반 아이들이 일동 가만히 앉은 채 혼자 우뚝 솟은 나를 올려다보고 있었다. 마냥 뻘쭘한 기분을 느끼던 찰나, 스피커에서 경쾌한 음악이 흘러나오기 시작했다. 어찌나 당황했던지 그 순간 내 옷깃을 잡아당기며 앉히는 짝꿍의 어색한 손길이 여간 고마웠던 게 아니다. 짝꿍은 눈치를 보며 날 향해 무어라 소곤거렸다. 당연히 나는 하나도 알아듣지 못했다.

스피커에서는 음악에 맞춰 '이, 얼, 싼, 쓰(1, 2, 3, 4)'가 무한히 되풀이되었고, 짝꿍은 대충 따라 하라는 몸짓을 취하곤 이내 알 수 없는 동작으로 얼굴을 주무르기 시작했다. 그렇게 하나, 둘, 셋, 넷의 반복인 50분 같은 5분이 지나갔다. 이른바 '침묵의 눈 체조'였다(눈 체조는 우리의 조례나 종례처럼, 중국 국립학교에서 일상적으로 행해지는 일과 중 하나였다).

그다음에는 모두가 우르르 자리에서 일어나 교실 밖을 향했다. 전교생이 운동장으로 모여들었고, 이내 일사불란하게 열을 맞춰 섰다. 그러고는 모두가 신나는 음악에 맞춰 춤을 추기 시작했다. 맨 앞에서 어떤 아이가 매의 눈으로 우리 반을 지켜보며 점수를 매기고 있었고, 담임 선생님도 매서운 눈초리로 아이들을 훑어보셨다. 주마다 발표되는 '우수 학급 명단'에 들기 위해서는 율동 점수가 은근히 중요하기 때문이었다. 나는 눈치를 보며 엉거주춤 그 희한한 동작들을 따라 했다. 혼자만 민망해하는 듯했다. 체조는 매일같이 진행됐다. 나로서는 처음 경험해 보는 특이한 일과였지만, 한편으로는 재미있기도 했다.

담임 선생님 한 분이 대부분의 수업을 이끄는 한국과는 다르게, 중국 학교는 과목마다 담당 선생님이 달라졌다. 그리고 특이하게도, 1학년 때 정해진 반 친구들과 담임 선생님이 졸업 때까지 함께 가는 방식이었다. 한국의 학교와는 다르게 엄격한 질서가 있었고, 선생님들은 불친절하고 무서웠으며, 학생들은 늘 눈치를 봤다. 절대로 교무실에

함부로 들어갈 수 없었고, 점심시간이 되면 줄을 맞춰 선 다음 구령에 맞춰 움직였다. 한국에서처럼 수업시간에 떠들거나 몰래 군것질하는 건 상상도 못 하고, 수업 중 이름이 불리면 즉각 자리에서 일어나야 했다. 대답을 틀리면 호되게 혼났다. 꾸지람으로 그렇게까지 큰 압박과 공포를 느낀 건 처음이었다.

중국어 이름도 겨우 쓰던 나는 칠판에 가득한 복잡한 한자들을 쳐다보기만 해도 머리가 지끈거렸다. 한국에 있을 때보다 숙제도 훨씬 많았고 어려웠다. 외국인 학생이라 해도 예외는 없었다. 낙제점을 받거나 그날 할당된 암기를 못 하는 날엔 제시간에 집에 갈 수 없었다. 못 알아듣는다고 해서 멀뚱멀뚱 가만히 있을 상황이 아니었다. 나에게는 없던 눈치와 끈기도 불러일으키는 시스템이었고, 소심하다는 이유로 학교생활에 소극적으로 임하는 건 있을 수 없는 일이었다. 그래서일까. 적응도 생각보다는 빨랐던 것 같다.

내가 중국 초등학교 적응을 위해 고군분투하고 있을 당시, 언니는 중국 중학교에 들어가 알고 보니 힘든 사춘기를 감내하고 있었고, 상대적으로 불평 없어 보이는 동생

준의 학교생활 역시 어린 내 눈에는 순탄해 보였지만, 이 모든 건 좁았던 내 시야로 막연하게 본 모습일 뿐이었다. 늘 그렇듯, 내 눈에 비친 현실과 실제는 그 오차가 생각보다 크기 마련이다.

준은 나와 같은 학교의 2학년으로 들어갔다. 어린 아들이 혼자 낯선 환경에 놓인다는 게 불안해서였을까, 그 시절 엄마는 종종 베란다 너머로 학교 운동장을 내려다보곤 하셨다. 그러던 중 엄마가 처음 발견한 준의 모습은 운동장에서 우락부락한 친구들 여럿에게 둘러싸여 있는 모습이었다. 준은 벽을 등진 채 혼자서 그들을 마주하고 있었다.

그날, 준은 먼지가 덕지덕지 붙은 꼴로 집에 들어왔다. 무뚝뚝한 부산 집안의 아들답게 준은 입을 꾹 다문 채 있었지만 훗날 듣기로는 몸싸움이 한바탕 있었다고 한다. 그리고 준은 덧붙였다. 아빠가 그랬다고. 혹시라도 정말 싸워야 하는 일이 생겼을 때, 쪽수로 밀리겠다 싶으면 벽을 등지고 서라고. 그래야 최소한 뒤에서 덤비는 놈은 없다고 말이다. 흙으로 더러워진 교복이 눈물로 얼룩진 얼굴보다는 나은 일이었다.

그들은 낯선 나라에서 온 남자 전학생을 친절하게 맞이할 만큼 성숙하지 못했다. 어린 반 친구들 틈에서 낯선 환경에 적응하기란 어려운 일이다. 그리고 사랑하는 이의 어려움을 뒤늦게 알아차리는 일 또한 마음 아리는 일이다. 내가 나의 어려움을 곧이곧대로 말하고 다닌 적이 없는 것처럼, 또 어떤 이야기가 있던 것인지는 준 스스로밖에 모른다. 우리는 이렇게 각자의 열병을 앓았다.

준에 비하면 나의 학교생활은 괜찮았다. 나는 착한 반 친구들을 만났고, 가장 친했던 친구들은 반에서 1, 2등을 번갈아 했다. 그들은 한국인인 나에게 우호적이었고, 공부는 물론 여러 방면에서 도움을 줬다. 다짜고짜 찾아와 한국인이라며 시비를 거는 다른 반 오지라퍼들을 한두 마디로 제압할 만큼 성격도 있었다. 든든한 백 덕분에 평화롭던 나의 중국 초등학교 생활은 중학교 첫날, 우람한 덩치를 가진 남자아이 앞에서 위기를 맞는다.

사랑하는 이의 어려움을

뒤늦게 알아차리는 일 또한

마음 아리는 일이다.

중국인
vs. 한국인

"어이 쪼끄만 한국인! 옛날부터 한국은 그저 중국의 속국이었으니까 까불지 마! 얘들아, 한국 진짜 작아~ (검지 한마디를 보여 주며) 요만해~ 일본보다도 작아. 그러니까 까불지 마!"

'참나··· 한국이 영토는 작지만 너네보다 훨씬 성장했거든? 중국 땅이 크면 뭐하냐! 한국은 작지만 존재감 완전 뿜뿜이거든! 그리고 나 안 까불었거든?'

그것은 개미보다도 조용한 외침이었다. 억울하고 분한 감정이 차올랐지만, 나는 단 한마디 대꾸도 할 수 없었다.

이 아이는 뭔데, 이것이 기선제압이라는 것인가. '중국어로 대꾸할 만큼 잘하지 못하고 반 친구들이 듣고 있는데 중국을 싸잡아 욕하기도 뭐해서'라는 이유는 핑계였다. 나는 겁이 났다. 고작 그 유치한 몇 마디에 겁을 먹다니, 그건 엄청나게 자존심 상하는 일이었다. 내가 할 수 있는 건 그저 허공을 쏘아보는 일이었다. 속으로 씩씩대고 있던 그 찰나였다.

"야! 네가 한국에 대해 뭘 알아!? 한국이 작은 데 뭐 보태 줬어? 너는 중국인이라서 얼마나 잘났는데? 내가 한국어로 말해 볼까? 못 알아들으면 얼마나 답답하고 화나는지 한번 겪어 봐라, 한국어도 하나도 모르는 주제에!"

갑자기 용감한 여전사 한 명이 등장했다. 그녀는 쏘아붙이는 것으로 분이 안 풀렸는지 중국어를 벗어던지고 아예 한국어로 소리치기 시작했다. 그때 나는 은에게 거의 반하다시피 했다. 당찬 은의 기에 눌려 당황한 그가 '뭐라는 거야…'라며 자리를 뜨는 그 모습은 나에게는 전례 없는 통쾌한 명장면이었다.

은은 당차고 밝고 재미있는 친구였다. 나보다 2년 정도 먼저 건너온 한국인 친구였는데 중국인 친구들은 물론, 선생님들과도 거리낌 없이 농담을 주고받을 정도로 이곳에 완벽하게 적응해 있었다. 게다가 어느 과목이든 가리지 않고 잘했다. 나도 공부를 잘하게 되면 은처럼 더 당당하게 될 수 있을까? 중국어가 답답하면 한국어라도 써 가며 할 말은 다 하는 자신감을 가질 수 있을까?

당시 우리 학교에는 나와 은 말고도 한 반에 한두 명씩 한국인이 있었다. 그렇지만 학교생활에 제대로 적응해서 열심히 공부하는 학생들은 많지 않았다. 특히 학년이 올라갈수록 한국인 학생들끼리 놀러 다니는 무리가 생겨났는데, 그들은 학업을 제대로 따라가지 않고 교칙을 어기는 행동을 하곤 했다. 당연하게도 내가 입학했을 때 학교 내 한국인에 대한 인식은 그다지 좋지 않았다. 게다가 중화사상(중국의 것 이외에는 배척하는 중국의 자문화중심주의)의 영향으로 한국 학생들이 환영받기는 어려운 상황이었다. 제대로 복장을 갖추고 있어도 갑자기 불려가 혼날 뻔한 적도 있었고, 한국인이라는 이유로 다른 잣대를 들이밀기도 했다. 계속되는 차별과 따돌림을 못 이겨 한 학기가 채 지나기도 전에 울면서 한국으로 돌아가는 아이도 있었다.

한국인을 중국어로 발음하면 '한궈런'이 된다. '한궈런'은 당시 나에게 이름만큼이나 민감한 단어였다. 중학교 초기, 내가 뭘 하든 한쪽에서는 '한궈런 어쩌고' 하는 수군거림이 있었다. 언제 어디서나 감시당하는 기분이 들어 그 단어에서 벗어나고 싶다가도, 그 단어가 귀에 들리는 순간 다시 쫑긋하기를 반복했다. 한국인이 다 그런 건 아닌데… 어느샌가 나도 모르게 한국인 대표의 사명감을 가지고 학교생활에 임하고 있었다(아쉽게도 은은 2학년이 되기 전 학교를 떠나 나와 오랜 시간을 함께하지 못했다).

오기가 생기자 공부를 더 열심히 할 수 있었다. 방과 후 집에 오면 숙제를 먼저 펼쳤고, 닥치는 대로 외웠다. 과외 선생님께 물어볼 수 있는 문제들도 혼자서 풀려고 노력했다. 당연히 시간은 훨씬 오래 걸렸고 문제가 도저히 풀리지 않을 때는 스트레스를 받기도 했다. 밤새 숙제를 하고 침대에 누워 '왜 이렇게까지 해야 하지?' 하다가도, 수업 시간에 모르던 내용이 들리는 그 순간의 희열이 나를 다시 책상 앞에 앉혔다.

책상에 오래 앉아 있는 내 모습을 보며, 엄마는 '책상에 오래 붙어 집중력을 유지할 수 있는 건 다빈이의 큰 장점'이라고 칭찬해 주셨다. 점점 좋아지는 성적과 늘어 가는 칭찬을 통해 그동안 뭐든지 잘하는 언니에게 주눅 들던 내 안의 자신감도 조금씩 회복되기 시작했다.

'나도 마음먹으면 무언가 할 수 있네? 내가 잘할 수 있는 게 있다면 공부가 아닐까?'

나는 곧 '공부 잘하는 학생' 순위에 오를 수 있었다. 전교 2등을 한 적도 있었다. 당시 우리 학년이 350여 명이었던 걸 보면 상당히 우수한 성적 아닌가!

초반의 부정적인 유명세가 도움이 된 건지, 나는 어느새 전교에서 유명한 '1반의 한국인'이 되어 있었다. 다짜고짜 한국인 어쩌고 하며 나를 몰아세우는 대신, 호기심이나 선망의 눈으로 괜히 말을 걸어 오는 친구들이 생겨났다.

구름학교 적응기

중학교 3학년 1학기를 다니는 도중, 나는 일생 일대의 결정을 해야만 했다. 중국 대학교에 가느냐, 한국 대학교에 가느냐 하는 문제였다. 내 선택은 한국이었다. 이유는 단순했다. 한국 드라마와 인터넷소설에서 보이는 일반적이고 한국적인 대학생 라이프를 즐겨 보고 싶어서였다. 사실 초등학교 고학년부터 중학교까지 상대적으로 낙후되고 촌스러운 중국식 학교에서 지내면서, 예쁜 교복을 입고 연애도 하고 매점도 자유롭게 다니는 한국 학교생활은 내게 선망의 대상이었다. 싸이월드 미니홈피에서 보이는 한국 친구들의 세련되고 재미있는 학교생활이 부러웠다. 티브이나 소설 속에 나오는 약간은 허구적이기도 한 한국의 모습을 대학교에서까지 놓치고 싶진 않았다.

내가 살던 중국 칭다오에도 '구름'이라는 이름의 재외 한국학교가 있었다. 앞에서도 말했지만, 재외한국학교는 중국에 거주하는 한국인 학생들을 대상으로 한국인 선생님들이 한국 교과과정을 교육하는 곳이다. 한국 대학으로의 진학 결정은 한국 입시 경쟁에 발을 담그게 될 것이라는 뜻이었고, 그에 맞춰 나는 한국 교과과정을 이수해야 했다. 그래서 중국 학교를 다니다 말고 구름학교로 전학을 가서 또다시 새로운 곳에서의 적응을 감내해야 했다.

중국 현지에서 학교생활을 하며 작지만 소소하게 성공했던 경험은 나를 훨씬 더 강하고 용기 있게 만들어 주었다. '중국 학교에서도 나름 잘 적응했는데, 한국학교는 더 편할 거야' 비록 중국 내에 있지만 적어도 고등학교에서만큼은 꿈에 그리던 학교생활이 펼쳐질 것 같았다. '드디어 나도 예쁜 교복을 입고 한국인들과 어울리며 한국어로 공부를 할 수 있다!' 중국 학교생활 내내 꿈꿨던 로망이 곧 실현될 것이었다!

예상했겠지만 중국에 있는 재외한국학교를 한국에 있는 학교처럼 생각하면 안 된다. 내가 전학을 갔던 구름학교는 일반적인 고등학교와는 달리 조금 특이했다. 초·중·고등학교까지 한곳에서 동시에 운영되는 학교였고, 학년이 올라감에 따라 초등학교 학생들이 그대로 중학교로, 중학교 학생들이 그대로 고등학교까지 올라가는 일이 많았다. 그러니까, 고등학교 입학이지만 결국 중학교 친구들과 함께 말만 고등학교로 진급하는 느낌일 거다. 말하자면, 그들 눈에 나는 그들과 같은 입학생이 아닌 전학생에 가까웠다.

"올해 담임을 맡게 된 김민희입니다. 영어 담당이니까 여러분 영어도 가르칠 거예요. 참고로 말 안 듣고 공부 안 하는 거 딱 질색이에요! 잘 지내봅시다."

선생님의 포스 있는 등장에 시끄럽던 교실이 바로 조용해졌다. '네에' 하는 반 전체의 대답이 끝나기도 전에 담임 선생님은 다시 말을 꺼내셨다.

"최다빈~ 누구죠?"

생소한 이름에 아이들이 일동 선생님을 쳐다봤다. 나는 잔뜩 긴장한 상태로 손을 들어 작게 대답했다.

"(입학시험) 영어 1등이네요."

선생님에게 향했던 반 아이들의 시선이 순식간에 내게 꽂히는 순간이었다. 그전까지 교실 뒤쪽에 앉아 키득거리던 친구들도 입을 다문 채 고개를 내게로 돌렸다. 순간의 긴 적막이었다.

구름학교 고등부는 내가 입학할 때쯤에는 설립 3년 차였고, 당시 고등학교 1학년 정원은 겨우 60명 남짓이었다. 입학 정원이 많지 않아 입학시험도 까다로웠다. 함께 입학시험을 봤던 열댓 명 중에서 나를 포함한 단 네 명의 학생만 합격했다. 나중에야 안 사실이지만, 기존 중학교 졸업반 학생들도 모두 같은 시험을 치렀고, 그에 따라 점수가 부족했던 몇몇이 다른 학교로 전학을 가게 되었다고 했다. 정원이 적어 두루두루 전체가 친했던 기존 재학생들에게 익숙했던 친구를 제치고 떡하니 들어온 나의 존재가 반가울 리 만무했다.

우리는 중국어 시간마다 분단별로 팀이 되어 그날의 점수를 대결하곤 했다. 경쟁은 제법 치열했다. 학생들이 자발적으로 손을 들어 한 문제씩 읽고 풀어 보는 식이었다. 정답을 맞힌 학생이 속한 팀은 점수를 받을 수 있기에 아이들은 상당히 적극적이었다. 중국한어수평고시(HSK) 6급 문제집이 교재로 사용됐는데 중국 중학교 과정을 성실히 따라온 나에게는 제법 쉬운 수준이었다. 그래서 중국어 수업은 정말이지, 나에게는 그나마 손을 들 용기가 나는 유일한 수업이었다. 어렵지 않게 정답을 맞힐 수 있었고, 팀에 점수를 따오면 당연히 우리 팀 친구들의 환호를 받을 수 있을 거라 생각했다.

한번은 어려운 문제가 나와 아무도 손을 들지 않고 있을 때였다. 여러 명이 한꺼번에 손을 드는 것보다 아무도 들지 않을 때 혼자 손을 드는 게 더 뻘쭘한 법이다. '한번 발표해 볼까' 하는 생각이 들자 심장이 쿵쾅대고 팔이 저린 듯 천근만근이었다. 그 짧은 순간에 손을 들까 말까 백 번은 고민했던 것 같다. 이번에 혼자 손을 들어서 모두가 나를 주목하게 된다면… 그건 나에게 너무나도 부끄러운 일이었다. 혹시나 전학생 주제에 나댄다고 나쁘게 생각하면 어쩌지? 소심한 사람의 머릿속은 정말이지 피곤한 법이다. 늘 사건이 일어나기도 전에 걱정만 하니 말이다. 하지만 더는 이방인처럼 눈치만 보며 학교생활에 녹아들지 못하면 안 된다는 생각이 들었다. 나는 결국 용기를 쥐어짜서 손을 들었고, 순간 머릿속은 새하얘졌다.

"이번 문제는 다빈이가 풀어 볼까?"
"네! 중국은……."

나는 자연스럽게 자리에서 일어나 대답을 시작했다. 그런데 내가 일어서는 순간 딴짓을 하고 있던 친구들을 비롯한 반 전체 학생들의 이목이 나에게로 집중되었고 모두가 킥킥대기 시작했다. 선생님조차 당황한 웃음을 터뜨렸는데 이유는 혼자 벌떡 선 탓이었다. 중국 학교에서는 무조건 자리에서 일어나 대답을 해야 했는데 그 습관이 나도 모르

소심한 사람의 머릿속은
정말이지 피곤한 법이다.
늘 사건이 일어나기도 전에 걱정만 한다.

게 한국학교에서 튀어나온 것이다. 한국학교에서는 수업의 모든 발표가 앉아서 이루어졌고, 이제껏 자리에서 일어나 대답하는 학생은 한 명도 없었다. 그런데 갑자기 어떤 애가 자리에서 벌떡 일어나 버리니, 장난기 많은 친구들이 그 상황을 가만히 두고 봤을 리 없다.

'아 치욕스럽고 또 치욕스럽다!!!'

전학생으로서 나름 이미지 관리를 하고 있었는데, 그 순간 얼마나 창피했는지는 정말 나 말고는 아무도 모를 것이다. 십 년 가까이 지난 일이지만 떠올릴 때마다 이불 킥을 하게 만드는 기억이다. 그 후 나는 '중국인' 별명을 얻음과 동시에 한동안 수업에서 질문이 있을 때마다 "선생님, 다빈이가 일어나서 대답하고 싶대요~" 하는 놀림을 받았다. 그래도 덕분에 허당 캐릭터로 자리 잡혀 더 편하게 그들과 어울릴 수 있었고, 그러면서 자연스럽게 그들 틈에 녹아들 수 있었다.

우리는
모두 인플루언서

구름학교에서의 학교생활은 이전 학교에서는 꿈도 못 꿨던 자유로운 분위기였다. 전교 순위권을 다투는 몇몇 학생들을 제외하고는 내가 이제껏 해 왔던 것처럼 열심히 공부하는 사람은 거의 없었다. 그야말로 그들에게는 공부가 '아웃오브 안중'이었다.

나로 치자면 당시 굉장히 엄격하고 예민한 어린 꼰대였다고 할 수 있겠다. 나는 사실 처음 겪은 구름학교 생활이 마음에 들지 않았다. 심하게 자유분방한 수업 분위기에 선생님을 대할 때 무례해 보이는 태도, 입시가 얼마 남지 않았음에도 공부는 뇌리에 없는 듯이 구는 그들을 이해할 수 없었다. 조금 한심하다는 생각도 들었다. 나는 그들과는 다르게 공부를 열심히 해 왔다는 우월감에 살며시 우쭐해지기도 했으니, 당시의 나는 사실은 상당히 건방져 있던 것이다. 완전히 오만과 편견이었다.

나 보기가 역겨워 가실 때에는
죽어도 아니 눈물 흘리오리다.
영변에 약산 진달래꽃
아름 따다 가신 길에 뿌리오리다.

어느 날 국어 교과서에서 〈진달래꽃〉이 등장했다. 노래로도 유명한 김소월의 시, 아마 가사를 보기만 해도 자연스럽게 멜로디를 흥얼거릴 수 있을 정도로 친숙한 문장일 테다. 따분하기만 했던 교과서에 낯익은 시가 등장하자 반 친구들 모두가 "오호~" 하며 반가운 반응을 보였다. 그런데 갑자기 누가 소리쳤다.

"쌤~ 이거 다빈이가 노래 불러 준대요~!"
'잉, 뭐라고?!!'

웬 뜬금포 헛소리가 들렸고 근원지는 내 바로 오른쪽… 내 짝꿍이었다! 썽은 학년에서 알아주는 장난꾸러기 남학생이었다. 치고 빠지는 걸 잘하는 아주 얄미운 놈이었는데, 항상 재미있어 죽겠다는 실실 웃는 얼굴로 장난을 쳐서 미운 짓을 해도 미워할 수는 없는 친구였다. 웃는 얼굴에 침 못 뱉는다는 속담을 세상에서 가장 적절하게 써먹을 줄 아는 자식! 훅 달아오른 교실 분위기를 지켜보자니 〈진달래꽃〉을 부르는 일이 현실화될 것 같은 불길한 예감이 들었다. 소란스러운 교실 상황을 잠재울 사람은 바로 선생님뿐! '설마… 아니죠?' 하는 눈빛으로 칠판 앞 선생님을 간절하게 쳐다봤지만, 선생님은 도리어 굉장히 재미있어 하시는 표정으로 나를 바라보고 계셨다.

"노래해! 노래해!"

이것은… 안 한다고 빼는 순간 분위기를 바로 망쳐 버리는 그런 상황이었다! 진짜로 모두가 홍에 찬 가운데 차마 외면할 수 없는 분위기가 만들어졌다. 이 분위기를 내가 싸늘하게 만들 순 없었다. 옆자리에서 킥킥대는 썽을 속으로 욕하며 나는 마지못해 목을 가다듬기 시작했다. 이번에는 다행히 자리를 박차고 일어나진 않았다. 그렇지만 친하지도 않은 반 친구들에게 노래를 들려준다는 건 진짜 난감하고 부끄러운 일이었다. 앞에 선생님도 계시는데! 게다가 무반주로!! 이런 옛날 노래를!!! 할 수 있다면 쥐구멍으로 들어가 숨고 싶은 심정이었다.

그런데 뻘쭘함도 잠시였다. 조그만 소리로 혼자 시작한 〈진달래꽃〉이 끝날 때쯤에는 반 전체의 흥얼거림으로 바뀌어 있었다. 나로서는 민망함을 뒤로하고 목소리를 짜내서 시작한 노래였지만, 그 작은 용기가 반 전체에게 즐거움을 주고 있었다! 단순히 누구 한 명 골탕 먹이려고 하는 장난인 줄 알았는데, 그 장난으로 모두가 자유롭고 흥겨운 분위기에 취하는 게 아닌가? 딱딱하고 숫기 없는 나까지도 자연스럽게 그 분위기에 물들 수 있도록 만들어 주는 게 바로 이 학교와 친구들이 가진 대체불가한 매력이었다.

틈만 나면 아이들을 골탕 먹이는 짝꿍 덕에 구름학교에서의 하루하루는 다이나믹했다. 웃음은 더 많아졌고, 해맑고 걱정 없는 그들에게 물들어 갔다. 가장 눈에 띄는 건 너그럽고 긍정적으로 변한 내 모습이었다. 스스로 정해 놓은 깐깐한 기준들, 그에 맞게 지니고 있던 엄격한 성향도 전보다 훨씬 더 유해졌다. 알게 모르게 사로잡혀 있던 '공부는 무조건 잘해야 해'라는 강박증이 없어졌다. 그렇다고 공부를 놓았단 말은 아니다. 공부를 열심히 하면서도 열심히 노는 게 가능하다는 걸 알게 되었달까.

또 그곳을 다니면서 나의 편협한 시각도 마주할 수 있었다. 입학 첫날, 겉만 보고 날라리라고 생각했던 친구들은 알고 보니 모두 착하고 호의적이었다. 오히려 호탕하고 거리낌 없는 모습으로 성격들이 좋았다. 교복을 줄이거나 담배를 피우고, 욕을 쓰거나 공부도 하는 둥 마는 둥 나와 다른 부분이 분명 많았지만, 그렇다고 그들이 틀리거나 나쁜 건 아니었다.

은근슬쩍 나를 배척한다고 생각했던 친구들은 내 선입견의 피해자였다. 그들 역시 나처럼 낯을 가린 것뿐이었다. 우린 모두 타의에 의해 중국으로 이민을 와서 절대 평범하지만은 않은 어린 시절을 보낸 사람들이었다. 일반화할 순 없지만 아마도 모두가 이민자로서의 고충과 상처를 공통분모로 지녔을 것이다. 그렇게 지내 온 각자의 삶을 타자가 파악하고 평가할 순 없는 법. 지레 선입견을 가질 필요도 가져서도 안 되는 것이었다.

당시 내 또래들은 네이트온이라는 메신저프로그램을 많이 사용했는데, 메신저로 쪽지를 실시간으로 주고받을 수 있었다. 그날도 어김없이 학교에서 돌아오자마자 컴퓨터를 켜고 네이트온을 하는데, '띠링-' 하고 쪽지가 날라왔다.

✉ 다빈아, 매사에 긍정적으로 생각하고 어떤 일도 열심히 하는 너를 보면서 나 역시 삶의 태도가 많이 달라졌어… 고마워.^^

정확히 기억나지는 않지만 같은 반 친구한테서 온 내용이었다. 나 스스로 많이 변한 걸 느끼고 행복하게 지냈던 건 사실이지만 이런 내 모습이 타인에게까지 긍정적으로 영향을 끼칠지는 상상도 못했다. 쪽지가 전해 준 몇 글자였을 뿐이지만 나는 말 그대로 '심쿵'해서 한참을 모니터만 가만히 응시했다.

학기를 지내면서 "모든 걸 잘해 보이는 네가 부러웠어.

너를 닮고자 했는데 그러다 나도 많이 바뀐 것 같아!"라는 이야기도 들었다. 너무나 과분한 칭찬이었다. 소심했던 겁쟁이가 이런 이야기를 듣게 되다니… 동시에 이루 말할 수 없는 뿌듯함도 느꼈다. 나로 인해 누군가가 긍정적으로 변했다는 사실, 그것은 내 존재 자체를 무척이나 가치 있게 만들어 주는 일이었다. 나는 구름학교 친구들 덕분에 솔직함도 배웠다.

'인플루언서(influencer: 인터넷 등 사회에 미치는 영향력이 큰 인물)'란 지금에서야 주로 '대중에게 영향을 끼치는 유명인'이라는 의미로 인식되지만, 실은 그전부터 쭉 있었던 존재이다. 우리 모두는 영향을 주고받는다. 그래서 우리는 모두 인플루언서이다. 내가 그로 인해 영향을 받고, 그가 나로 인해 영향을 받는다. 그리고 실은 직업인으로서의 '인플루언서'보다 내 주변 '인플루언서'의 영향력이 더 크다. 인플루언서의 광고를 보고는 '정말인가… 사도 될까?' 식의 생각을 하지만 내가 믿는 주변의 누군가 추천한다면 '오, 정말 그런가 봐! 꼭 사야겠다~' 하고 생각하게 되니 말이다. 우리는 알게 모르게 인플루언서로서의 역할을 톡톡히 해내고 있다.

우리 모두는 영향을 주고받는다.

그래서 우리는 모두 인플루언서이다.

멋있다는 건

멋있다는 건 뭘까. 다른 사람들이 흔히 말하는 정의 말고, 스스로가 절대적으로 동의하는 정의 말이다. 내 경우는 스티브 잡스나 마크 저커버그처럼 성공한 사업가들이 멋있다. 아이유처럼 유명한 연예인들이 멋있다. 화려한 외모에 잘 관리된 실력으로 무대에 서는 아이돌가수들이 멋있다. 뿐만 아니라 지금 내 옆에서 하루 아홉 시간 동안 앉아 안 되는 집중력을 부여잡고 작업하고 있는 친구들도 멋있다. 이들은 왜 멋있는 걸까? 잘생겨서? 돈이 많아서?

그렇지 않다. 나는 성공한 사업가들이 그 자리에 서기까지의 노력, 다재다능한 연예인들이 그 분야에서 유명해지기까지의 노력, 무대에서 빛나기 위해 내내 외모와 실력을 관리하는 아이돌가수들의 노력이 멋있다. 재력, 미모, 유명세와 상관없이 끊임없이 노력하고 발전하는 그들의 자세가 멋있다. 나에게 '멋있다'의 기준은 '발전을 위해 노력하고 배우는 태도의 유무'이다.

한 가지 물체를 찾아 응시해 보면 집중한 그 한 가지 물체 외에 다른 모든 물체가 흐릿하게 보이게 된다. 사진이나 영상에 관심이 있거나 혹은 최신 스마트폰의 촬영 기능을 요리조리 만져 보면서 카메라를 조금이라도 다뤄 본 사람이라면 알 것이다. '아웃포커싱'이라는 기능이다. 포커스를 둔 물체만 선명하게 하고 다른 배경은 흐릿하게 처리되어 실제 우리 눈처럼 원근감을 느낄 수 있게 해 주는 효과이다. 우리 눈은 모든 걸 한꺼번에 선명하게 잡을 수 없다. 그렇게 태어났다. 예쁘면서, 착하면서, 건강하면서, 똑똑하면서, 돈 많으면서, 운도 좋고 예술적 감수성도 뛰어나고 계산 머리도 훌륭하며 인간관계도 완벽한 사람은 없다. 여러 가지로 만족하면 좋겠지만 어렵다. 욕심부리지 않고 내가 세운 기준에 집중한다면 만족은 훨씬 쉬워진다. 내가 집중할 부분을 제외하고는 아웃포커싱 해 보자. 선택과 집중, 그것만 해내도 훌륭하다. 기준을 세우고 가장 중요한 게 뭔지 기억해야 한다. 나는 현재 멋있는 사람인가? 이 질문에 대한 지금 당장 대답이 긍정적이지 않아도 상관없다. 적어도 기준을 세워 놓은 이상, 우리는 멋있는 방향으로 가려고 노력할 테니까.

말, 말, 말

한편 아무리 주변의 인플루언서들이 믿음직하더라도 말은 잘 걸러 들어야 하는 법! 주변의 인플루언서들은 가깝고 영향력이 크기 때문에 그 감언이설은 때론 착각을, 안 좋은 말은 자칫 훨씬 더 큰 상처를 남길 수도 있다.

아닌 것도 맞게 들리는 말, 머릿속에서 끝없이 되풀이되며 자극시키는 말… 우리는 함께 살아가기에 이런 말들로부터 자유로울 수 없다. 이 중 가장 야비한 말은 아마도 타인의 잣대로 들먹이는 외모적인 평가일 것이다. 특히 예민한 사춘기 시절 외모에 관심이 생기기 시작하면서부터, 이 말들은 내 삶에 지대한 영향을 끼쳐 왔다.

나는 두꺼운 발목과 튼튼한 다리를 가지고 태어났다. 내가 아기였을 때 길에서 만난 어른들은 하나같이 남자아이라고 여겨 "와 장군감이네~!"라고 말씀하셨다고 한다. 조금 더 커서 엄마가 나와 언니를 함께 데리고 나가면 쌍둥이냐는 질문도 많이들 했다고 한다. 언니랑 나는 꼬박 2년 터울이다! 유아기의 2년을 따라잡을 정도로 남다른 발육 상태를 가졌던 것이다.

내가 외모에 관심을 두기 시작한 건 정확히 한국 고등학교에 적응할 무렵이었다. 중국 중학교에서는 '교복'이 남색 체육복에 새빨간 스카프를 단 촌스러운 스타일이었다. 그 차림새에 눈곱도 제대로 떼지 않고 다녔을 정도로 내 모습은 꾸밈없는 최고 순수한 꼴 그 자체였다. 모두가 그렇게 다녔고, 모두가 외모를 신경 쓰지 않았기 때문에 나 역시도 내 다리가 얼마나 튼튼한지, 얼마나 못생겼는지 신경 쓸 일이 없었다. 고등학생이 되면서 처음으로 교복 치마를 입고 생활하게 되었는데, 그때 여기저기 말들을 단서 삼아 내 다리의 못남을 제대로 자각할 수 있었다.

"야 봐봐! 어머, 내 발목이 좀 얇은가? 호홋!"

학교 정문에서 우리 반까지 걸어 올라가는 길에 전신거울이 하나 있었는데, 그 거울을 향해 멈춰 서더니 친구가 했던 말이다. 그녀의 얇은 발목과 나란히 선 내 발목은 누가 봐도 통통했다. 그 발목을 따라 튼튼하게 이어지는 장딴지는 말로만 듣던 무다리의 표본이었다. 그날 나는 처음으로 내 발목에 대해 제대로 인식했고 또 진지하게 고민했다.

"야! 너 그렇게 입으니까 허벅지밖에 안 보여!"

찌는 더위에 너도나도 짧은 옷차림을 고수하던 여름방학의 어느 날, 약속 장소에 내가 등장하자마자 어떤 녀석은 이런 말을 했다. 당시 나는 키 168센치미터에 몸무게 57킬로그램 정도 되는 '통통' 축에도 끼지 않는 몸이었다. 그렇지만 살이 하체랑 얼굴에 집중되어 있었기에, 겉으로 봤을 때 볼은 빵빵하고 다리는 튼튼한 모습이었다. 다리를 드러내는 옷차림을 한 순간 실제보다 더 덩치가 크고 통통해 보였다. 날씬한 일자 다리와 반대되는 내 허벅지는 본래 근육이 더덕더덕 붙어 있는 모양이었다. 거기에 앞서 언급한 듯이 튼튼한 종아리와 통뼈 발목의 조합으로, 한마디로 여리여리하다고 할 수 없는, 운동 좀 하는 언니의 다리 모양이었다. 그 후 짧은 바지를 입을 때마다 나는 그 애의 그 말 한마디가 신경 쓰였다. 그때부터 짧은 바지를 꺼리게 됐다.

나는 내 넓은 이마에 대해서도 놀림을 많이 받았다. 그 시절 일자로 가지런히 내린 앞머리는 나에게 매우 소중했다. 이마가 넓으니 앞머리를 내려 조금이라도 작아 보이는 얼굴을 연출하고 싶었기 때문이다(그땐 앞머리를 내린다고 해서 무조건 얼굴이 작아 보이는 게 아니라는 걸 몰랐다).

구름학교에 짓궂은 장난을 좋아하는 남학생이 있었는데, 그 친구는 항상 선을 넘는 장난을 쳤다. 아주 살짝만 넘나드는 수준이라 화를 내기도 뭐할 정도로 말이다. 그 아이는 걸핏하면 가만히 앉아 있는 내 뒤로 살그머니 다가와서는 순식간에 양손으로 내 앞머리를 뒤로 확 넘겨 열어젖히고는, "최다빈 이마 구경!!"이라고 소리쳐서 주변의 이목을 집중시켰다. 그러면 나는 이마가 훤히 드러난 못생긴 얼굴로, 그놈에게 놓으라고 말하며 한참을 발버둥만 치는 것이었다. 머리를 세게 움켜잡힌 탓에 힘으로 어쩌지는 못하고, 대놓고 정색하기엔 뭐한 모두가 깔깔거리는 그 상황은 정말 분하기 짝이 없었다! 엄마 아빠는 어릴 때부터 줄

곧 내 둥그렇고 넓은 이마가 복의 상징이라며 예쁘다고 하셨는데, 학교에서는 놀림거리 그 이상도 이하도 아니었다. 이건 참 슬픈 점인데 좋은 말보다는 나쁜 말이 더 기억에 남는다. 나는 점점 내 이마가 못나 보이기 시작했다.

그 외에도 내가 들었던 외모 평가는 많고 많다. 너는 왜 이렇게 얼굴이 둥글넙데데하냐, 코가 그렇게 낮은데 있기는 한 거냐, 왜 그렇게 까맣냐, 피부 관리 좀 해라… 한번 외모에 신경이 쓰이자 나는 스스로 마음에 들지 않는 구석을 찾아내기 시작했다. 다른 사람에게 지적받은 부분이 아닌데도 알아서 자발적으로 모든 부위를 평가하고 있었다. 얼굴은 말할 것도 없고 손은 왜 이렇게 못생겼으며, 머리카락은 왜 축 늘어져서 얼굴을 더 부각하는 거지? 피부는 왜 이렇게 까만 것이고 게다가 목소리는 뭐 이렇게 답답하게 들리는지… 어느 순간 아무 불만이 없었던 내 모습을 평가하고 깎아내리는 외모 강박증이 시작됐다.

꾸미는 법을 몰랐기 때문에, 구름학교에 입학한 이후로도 나는 시골 촌뜨기처럼 학교에 다녔다. 그 당시 우리는 일 년에 딱 한 번, 설 명절을 지내러 한국으로 잠시 들어오곤 했는데, 한번은 그때를 틈타 비비크림을 하나 산 적이 있다. 친구들에게 주워들은 정보로 야심 차게 구매한 나의 첫 화장품이었다. 잔뜩 기대를 안은 채 얼굴에 칠해 봤지만 실망스러웠다. 내 눈에는 바르나 마나 별 차이가 없게 느껴졌다. '클렌징'이라는 개념을 몰랐을 때라 비비크림을 제대로 지우지 않아 갑자기 피부 트러블이 뽕 나오기도 했다.

한두 번 언니 아이라인으로 거울 앞에 서서 학교 친구들이 했던 것처럼 따라 그리기도 했는데, 그럴 때면 문을 나가기도 전에 언니가 그게 뭐냐고 빵 터지는 바람에 아주 민망해졌다. 그 뒤로는 화장을 거의 포기했다. 가끔 화장실에서 친구가 틴트를 바르다 말고 "너도 바를래?" 하고 물어보면 발라 보는 정도였다. 화장도 잘하고 잘 꾸미는 친구들을 부러워만 하고 보낸 시기였다. 내가 화장에 진심으로 관심이 생긴 건 고등학교 2학년 때의 일이었다.

예뻐지기 프로젝트

〈겟잇뷰티〉라는 케이블티브이 채널이 있다. 2006년 첫 방송을 시작해 시즌을 거듭하며 변화무쌍하게 롱런 중이다. 미용에 일가견 있는 MC, 전문가 들이 등장해 메이크업이나 머리 손질, 피부 관리 등 뷰티 정보에 관련된 꿀팁을 전수해 주는데 당시 대부분의 또래 친구들이 시청했던 꽤나 핫한 프로그램이었다. 고등학교 2학년 때 나는 바로 이 프로그램에 빠져 버렸다.

나에게 〈겟잇뷰티〉는 신세계였다. 비연예인인 평범한 외모의 참가자가 전문가의 메이크업을 받고는 단시간에 아이돌처럼 화려하게 변신하는데, 그전까지 친구들이

나 언니가 하고 다니는 화장과는 확연히 다른 느낌이었다. 사소한 화장 팁들로 사람 이미지가 확 바뀌는 걸 보니 정말 신기했다. 화면 속 메이크업아티스트의 설명은 너무나도 간단해서 그대로 따라만 하면 나도 당장이라도 연예인처럼 예뻐질 수 있을 거라는 환상을 품게 만들었다.

'세상에! 메이크업은 이런 거구나…!'

나는 바로 '예뻐지기 프로젝트'에 돌입했다. 그러나 예상대로 현실은 달랐다. 당시는 지금처럼 미의 기준이 다양하지 않았다. 미의 기준은 쌍꺼풀 있는 큰 눈, 뽀얀 피부, 날씬한 몸매였다. 쌍꺼풀수술은 홑꺼풀인 사람들이 살면서 '꼭' 거쳐야 하는 과정처럼 느껴질 정도였다. 나 역시 쌍꺼풀 없는 내 눈이 미워 보였고, 입시만 끝나면 쌍꺼풀 수술을 하려고 생각했으니 말이다. 프로그램의 내용은 대부분 쌍꺼풀 있는 사람들을 위한 팁이었다. 그래서 나는 우선 쌍꺼풀을 만들어 보기로 결심했다.

먼저 쌍꺼풀 테이프를 사서 붙였다. 살이 많은 내 눈두덩이의 탄력은 쌍꺼풀 테이프를 가뿐히 이겨 먹었다. 이렇

기준을 세워 놓은 이상,

우리는 멋있는 방향으로

가려고 노력할 테니까.

게 포기할 순 없지. 쌍꺼풀액을 샀다. 티브이나 인터넷에서 알려 준 대로 따라 했지만, 어떻게 해도 눈두덩이가 끈적거리기만 하고 쌍꺼풀은 생기지 않았다. 어쩌다 쌍꺼풀액이랑 쌍꺼풀 테이프 몇 겹을 덕지덕지 붙여 겨우 쌍꺼풀을 만들었다 쳐도 그건 정말이지 너무 느끼해 보였다.

'역시 쌍수가 답인가…?'

그런데 어느 날, 〈겟잇뷰티〉에서 쌍꺼풀이 없는 사람들을 위한 '홑꺼풀 메이크업 비법'을 방영했다. 대략 설명하자면 눈을 떴을 때 보일 정도로 아이라인을 두껍게 채워 그린 다음, 진한 아이섀도로 경계선을 풀어 주라는 설명이었다. 메이크업아티스트의 손을 거친 무쌍 참가자는 몰라보게 세련되고 예뻐져 있었다.

'이거야…!'

행동대장은 역시나 바로 실행에 옮긴다. 생각보다 어렵지 않게 따라 할 수 있었다. 그런데 참 이상했다. 〈겟잇뷰티〉에서 본 것과는 또 달랐다. 눈이 커진 것 같긴 한데 왠지 모르게 둔하고 침침해 보였다. 내가 실력이 없어서 그런가? 예뻐진 게 맞겠지? 그렇게 나는 한동안 프로그램에서 배운 대로 아이라인을 그리고 다녔다. 눈꺼풀 위로 검은색 반달 라인이 두껍게 얹어져 있는 갑갑한 모양이었다. 나뿐만 아니라 당시 화장에 관심 있는 대부분의 홑꺼풀 친구들은 나와 비슷하게 그리고 다녔었다. 모두가 그런 아이라인을 그리니 당연히 맞다고 생각했다. 그 화장법은 지금 흔히 칭하는 '컴싸 아라(컴퓨터용 사인펜 아이라인)' 화장이었다.

나는 결국 두꺼운 아이라인 그리기를 포기했다. 어쩌다 찍힌 동영상 속 내 모습이 마음에 들지 않았기 때문이다. 라인을 그리면 나도 인터넷 얼짱처럼 눈도 크고 예쁘게 보일 줄 알았는데, 제삼자 시각에서 바라본 내 모습은 상상 속 내 착각과 너무 달라 충격적이었다. 전체적으로 밋밋한 얼굴에 아이라인으로 뒤덮인 새까맣고 큰 눈의 조합은 너무나도 부자연스러웠다. 그동안 내 모습을 객관적으로 바라보는 노력이 없었던 탓이다. 이런 꼴로 다녔다니… 갑자기 지난날의 내 모습이 부끄러워졌다.

그 후 나는 며칠간 방에 틀어박혀 라인 그리기를 연구했다. 한창 공부할 나이, 낭랑 18세였다. 공부를 하다가도 삘이 꽂히면 갑자기 거울만 들여다보고 있었다. 그리고 지우기를 반복했다. 공부 시간을 낭비하는 것 같아 낮잠을 포기하고 화장법을 연구했을 때도 있었다. 지루하기만 한 공부를 한켠에 치워 두고 내가 더 예뻐질 수 있는 방법을 연구하는 일은 재미있었다. 엄마는 방에 들어올 때마다 핀잔을 주시곤 했다.

"너, 오래 안 나오길래 공부하는 줄 알았더니 또~!"

내 마음에 쏙 드는 자연스러운 화장법을 찾을 때까지는 꽤 많은 시간이 걸렸다. 그다지 마음에 들지 않는 방법이지만 내 얼굴에 잘 어울릴 때도 있었고, 너무 마음에 드는 방법이 내 얼굴에는 전혀 먹히지 않을 때도 있었다. 해 보고 지우고, 해 보고 또 지우고… 그 과정에서 나는 사회가 정해 놓은 기준이 아닌 나만의 기준을 찾을 수 있었다. 내 사전에 더 이상 모두가 따라 하는 티브이 속 화장법은 없었다. 남들의 기준을 지우고 나만의 기준을 세워 놓으면 훨씬 더 쉽고 편하게 원하는 방향으로 갈 수 있다. 이는 비단 메이크업에 국한된 말이 아니다.

●

누군가 나에게 물은 적이 있다.

"다빈아, 쌍꺼풀 없는 사람들은 다들 이렇게 화장하던데 너는 왜 그렇게 화장해?"

"눈매가 처진 사람들은 라인을 올려 그리던데 너는 왜 내려서 그려?"

나의 대답은 이렇다.

"좋으니까! 내가 이렇게 화장하는 이유는, 이게 내 취향이니까!"

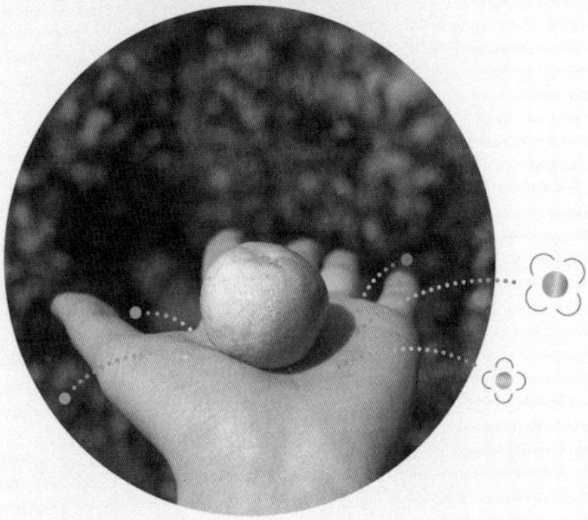

좋으니까!

내가 이렇게 화장하는 이유는

이게 내 취향이니까!

2장

내 맘대로
안 되는 인생

한국에서의 학교생활

재외한국학교에서 고등학교 1학년을 마친 겨울 방학, 갑작스러운 결정으로 우리 가족은 다시 한국으로 돌아오게 됐다. 중국에 가기 전에는 쭉 부산에서 살았지만, 돌아올 땐 서울이었다. 우리 남매의 입시와 대학 생활을 위한 부모님의 판단이었다. 나는 순조롭게 서울의 모 여고로 전학 가게 됐다.

여기서 내 안의 소심함이 또 한 번 발동됐다. 여자들만 있는 단체생활은 처음이었다. 왠지 무섭고 꺼려졌다. 여자들끼리의 기 싸움은 매우 피곤하다고 들었는데… 친구들이 눈치코치도 없고 촌스러운 나를 싫어하면 어쩌지. 혹시

나 괴롭힘을 당하면 어쩌지. 그전 학교에서는 장난꾸러기 친구들이 스스럼없이 장난을 쳐서 편하게 녹아들 수 있었지만, 빈말 못 하는 솔직한 내 성격이 여자들끼리만 있는 곳에서는 어떻게 비추어질지 감이 잡히지 않았다. 그래도 제법 사회적 능력이 발달한 건지, 마음속 요동이 드러나지 않아 덜 긴장한 듯 보이는 모습으로 여고에서의 첫날을 맞이했다.

"안녕? 너 귀엽당!"
"너 중국에서 왔다며? 우와, 중국어 해 봐!"

이럴 수가! 걱정의 벽이 와르르 무너졌다. 여고에서 만난 친구들은 매우 호의적이었다. 처음 중국 학교를 들어갔을 때, 처음 구름학교를 들어갔을 때보다도, 새로 적응을 해야 했던 그 어느 때보다도 편했다. 여자들만 있는 곳이라 해도 다를 게 없었다. 다들 처음 볼 땐 수줍어하고 반가워했다가 서로 장난치고 놀리면서 점점 친해졌다.

이전의 남녀공학과 달랐던 점은 끼리끼리 조금씩 무리 지어 다닌다는 데에 있었다. 1학년 때부터 알던 친구들과 같은 반이 되는 경우가 많은 건지, 2학년 새로운 반에서 만난 첫날이었지만 이미 각자 함께하는 그룹이 정해져 있었다. 그들은 친한 친구들끼리 그룹을 지어 모든 곳을 함께 다녔다. 나도 그들 중 가장 가까워진 한 무리에 끼게 됐다. 그들과 이동수업이든, 점심시간이든, 심지어 화장실까지 같이 이동하고 하교도 같이하면서 일거수일투족을 함께했다. 우리는 빠른 속도로 친해질 수 있었다.

고등학생 2학년으로서 입시 부담이 가중되었기 때문에 모두가 열심히 공부했다. 수업시간에는 건설적인 질문들이 오갔고, 쉬는 시간에도 엉덩이를 떼지 않는 친구들이 많았다. 선생님과 거리낌 없이 친하게 지내던 구름학교 생활과 다르게 선생님과 학생들 사이에 일정한 거리가 있는 듯했다. 앞에서는 어려워하면서도 뒤에서는 선생님 별명을 부르며 욕하는 경우도 허다했는데, 이 부분은 처음에 조금 충격이었다. 같은 무리 내에서 뒷담화도 빈번히 일어났다. 주도자는 대개 한두 명이고 나머지는 그저 끄덕거리며 한두 마디를 얹어 대충 호응해 주는 식이었다.

'싫어하는 부분'에 대한 동감은 '좋아하는 부분'에 대한 동감보다 큰 유대감을 형성한다고 한다. 아마도 그런 의미에서 자리에 없는 사람을 욕하고, 그에 대한 반응을 흐뭇하게 받아들이는 것 같았다. 애초에 맘에 없는 말은 하지 못하는 나와 맞지 않는 교류 패턴이었다. 사회성으로 봤을 때는 굉장한 약점이지만 이게 나인걸. 나는 뒤에서 험담을 들을 때 함께하기 불편한 표정을 감추지 못했고, 누군가에 관한 험담을 듣고 난 다음에는 그 누군가를 마주하기 괜히 미안해졌다. 숨기려 해도 표정과 행동에서 감정이 자연스럽게 나타났다. 나는 점점 그들이 불편해졌다.

나처럼 어쩔 수 없는 사정으로 어린 시절을 외국에서 보내고 한국에 들어온, 수능시험에 불리한 학생들이 있다. 그들을 위한 대학교 입시제도가 바로 재외국민 특별전형이다. 그중 '3년 특례제도'는 고등학교 1학년 과정을 포함하여 전체 3년 이상의 연속된 외국 재학 경험이 있는 학생들을 대상으로 한다. 전형 방법은 대학교마다 조금씩 다르지만 보통은 내신성적과 어학 성적을 확인할 수 있는 서류와 국·영·수 및 논술 등의 필기시험으로 경쟁을 해서 우수한 학생이 합격하는 식이었다. 수시와 같이 한 번에 최대 6개 대학에 지원할 수 있고, 뽑는 인원은 과당 최대 3명 정도로 많지 않다. 꼬박 6년을 중국에서 보냈던 나는 이 전형을 선택할 수밖에 없었다.

재외국민 특별전형은 여름방학부터 시작된다. 고등학교 3학년이 되자마자 나는 마음이 급박해졌다. 특례 입시용 공부는 학교에서 배우는 공부와 매우 달랐다. 유형은 다르지만 대략 기억하기로는 국어, 수학, 논술이 수능시험 수준이었고, 영어 시험이 요하는 수준은 훨씬 높았다. 편입 영어 시험 교재로 공부를 할 정도였으니 말이다.

당시 나는 수능모의고사는 늘 1등급에 토플(TOEFL) 시험은 100점을 넘어 필요한 영어 실력을 갖춘 상태였다. 그런데 '조금만 더 노력하면 되겠지' 하는 생각으로 들어간 학원에서 충격적인 각성을 했다. 편입 시험 수준의 모의고사는 난도가 내 예상을 훨씬 뛰어넘었다. 내신 수준의 시험에서는 모르는 단어를 찾기 어려웠는데, 모의고사 시험지에서는 아는 단어를 찾기 어려웠다. 학원에서의 첫 시험에서 40점도 못 맞았으니 그 충격은 어마어마했다. 성적으로

사회성으로 봤을 때

굉장한 약점이지만,

이게 나인걸.

는 난생 처음 받는 숫자였다. 한편 옆에서 유창하게 발음을 굴리는 학원 친구들을 보며 애가 탔다. 나는 중국에서 왔는데, 그동안 공부했던 성실성을 왜 영어 실력으로 평가하는가? 중국어는 보지도 않고 영어를 중요하게 보는 재외국민 특별전형에 억울한 생각이 들었다. 중국어는 누구보다 자신 있는데… 비싼 학비를 내며 국제학원을 다녔던 친구들이나 혹은 영어권 국가로 이민을 갔던 친구들이 결과적으로는 훨씬 유리한 게임이었다.

처음 여고 2학년으로 들어갔을 때는 '입시 때 중요한 건 아니지만 혹시 모르니 다른 전형도 쓸 수 있도록 내신성적도 잘 갖춰놔야지'라고 생각했지만 아무리 해도 무리였다. 나는 학교 수업이 끝난 후 항상 네 시간씩 학원 수업을 듣고 밤 11시가 넘어서야 집 앞 독서실에 갔다. 그렇게 학원 숙제와 쪽지 시험공부를 새벽 두세 시까지 하다 잠이 들어 아침 8시까지 다시 등교하는 일상을 반복했다. 그렇게 해도 학원 친구들을 따라잡긴 어려웠다. 학교에서는 국·영·수 과목을 제외하고는 몰래 영어 단어장이나 사자성어 책을 펼쳐 놓고 해당 수업이 아닌 급한 공부에 집중하기도 했다. 당연히 졸기도 많이 졸았다. 쉬는 시간에는 쪽잠을 자거나 학원 시험공부를 마저 했다. 그럼에도 공부 시간은 턱없이 모자랐다. 그렇게 입시가 시작되기 전까지 정신없는 하루하루를 보냈다.

아마도 고등학교 3학년 가을이었을 것이다. 나는 여름 방학부터 시작된 입학시험 결과를 기다리는 중이었고, 친구들은 수시 지원과 함께 수능에 대비하는 모두가 예민한 시기였다. 그날도 여느 때와 다름없는 날이었다. 학교를 마치고 늘 그랬듯 집 방향이 같은 친구와 하교를 하려고 했다. 그런데 그 친구가 종례가 끝나자마자 말도 없이 가방을 싸서 교실을 나가 버리는 것이 아닌가.

'오늘 무슨 급한 일 있나?'

당황한 나는 허겁지겁 짐을 마저 싸서 친구를 뒤쫓아 갔다. 이게 뭐지? 정말이지 누구보다 빠른 하교 속도였다. 친구가 너무 빨리 가서 뛰어도 따라잡기 힘들 정도였다. 전학을 온 뒤로 특별한 일이 없는 한 하루도 빠짐없이 함께했었는데 혼자 쌩하고 가다니 무슨 일이지?

"야, 왜 혼자 가~ 같이 가~!"

목소리가 들릴 만큼의 거리로 따라잡을 때였다. 앞으로 자꾸만 빠르게 멀어지는 친구를 향해 소리쳤으나 친구는 못 들은 체했다. 한 번 뒤를 돌아 나를 슬쩍 보고는 아무 대꾸도 없이 더 빠르게 가 버렸다. 마치 달아나는 모양새였다. 뭐지?

그다음 날 등교를 하던 나는 정말 깜짝 놀랐다. 교실로 들어서는데 평소라면 아침 인사가 자연스럽게 나와야 할 시점에, 함께 다니던 무리의 구성원 중 그 누구도 나에게 아는 척을 하지 않는 것이었다. 차가운 기류는 하루 종일 지속되었다. 그들은 자기들끼리 모여서 숙덕대며 이따금 나를 흘끗 쳐다볼 뿐이었다. 내 머릿속에는 물음표가 가득 생겼다. 그 전날도, 그 전전날도 아무런 낌새가 없었는데 뭐지? 무리 중 특정 누군가와 나 사이를 갈라놓을 아무런 사건이 없었기에 더욱더 의아했다.

그러나 의아한 감정도 잠시, 나는 기분 나쁜 그들의 태도에 마음이 상했다. 갑자기 다들 왜 그러는 건지 이유를 따져 묻고 싶었지만 동시에 구차하게 그러고 싶지 않은 마음도 들었다. 누가 주동자인지는 뻔했다. 그 아이의 행실이 원래도 불편했는데 이왕 이렇게 된 거 굳이 관계를 바로잡고 싶은 마음도 없었다.

내가 더 어처구니없었던 부분은 무리 내 주동자를 제외한 아이들의 태도였다. 누구와 어떤 말이 오갔는지는 모르지만 함께 지내던 친구를 한순간에 모두 모르는 사람 취급을 하는 것이 나로서는 이해할 수 없는 일이었다. 그동안이 가식이었던 걸까. 감정도 줏대도 없는 걸까. 하루아침에 표정을 싹 바꾸다니 정말로 놀라웠다. '입김 센 친구의 비위에 맞춰 눈치를 보느라 그랬겠지' 하며 이해해 보려 했지만, 아무리 생각해도 화가 치밀었다. 그동안 친구로 지낸 정이 있다면 최소한 무슨 일이 있었던 건지 내 입장도 들어 보고 행동해야 하는 일 아닌가? 일방적으로 한쪽에서만 이해하려 해도 상대가 별다른 의지 없이 그저 회피만 한다면 관계는 좋아질 수 없다. 내가 왜 주동자 한두 사람으로 인해 다른 친구들까지 잃어야 하지? 뭘 그렇게까지 잘못했길래 갑자기 이렇게 대하지? 내가 모르는 실수를 했다고 한들, 이런 식으로 외면해 버리는 그들의 태도를 도저히 이해할 수 없었다. 분하다가 억울하다가의 반복이었다.

여러 감정이 복합적으로 나를 괴롭혔다. 다시 생각해 보니 내가 한순간 그들 모두를 잃어버린 건 주동자만의 의지는 아니었다. 주동자의 말만 믿고 나를 외면했던 건 분명 그들 스스로 선택한 행동이었다. 그들은 자신들의 의지로 나에게서 멀어진 것이었다. 이건 성향이 잘 맞지 않아서 자연스럽게 따로 지내게 된 케이스와는 완전히 달랐다. 명백한 따돌림이었다. 말 그대로 '하루아침에' 나는 함께 다니던 친구들로부터 소외되어 혼자가 됐다.

그 후 나는 제법 외로운 학교생활을 했다. 함께했던 무리를 제외한 친구들이 대충 분위기를 눈치챘는지 나를 열심히 챙겨 줬지만 크게 위로가 되진 않았다(그 친구들에게는 지금까지도 정말 고맙다). 다른 친구들과 더 가까워진 것과 원래 가깝던 친구들과 멀어진 것은 별개의 일이었다. 원래 정이 많은 인간이라 겉으론 새로운 친구들과 잘 지내는 듯해도 마음속으로 원래 무리를 완전히 끊어 내기는 힘들었다. 멀쩡히 지내다가도 그 친구들을 스칠 때마다 울컥 올라오는 배신감에 힘이 들었다. 내가 겪은 최악의 시기였다. 필름을 무수히 되돌려 봐도 어디서부터 잘못된 건지 알 수 없었다. 우울했다. 어색하고 불편한 상태는 졸업할 때까지 이어졌다. 나는 가족들에게 실상을 들키기 싫어 학교 졸업식에 참가할 수 없었다.

이 충격적인 따돌림 경험은 머릿속에 너무도 선명히 남아 몇 달 내내 나를 괴롭혔다. 좋은 하루를 보내다가도 문득 기억이 떠올라 따끔거렸다. 무엇이 되었건 극복을 위해서는 상황을 다시 한 번 제대로 마주해 보는 시간이 필요하다. 상처가 아프다고 해서 그 아픔에만 집중하면 나아질 것이 없다. 아프다는 자기연민에서 한발 물러나 상처가 왜 생겼는지, 어떻게 하면 덜 아프게 아물 수 있을지 고민해야 한다.

한창 힘들던 시기를 지나 고통이 사그라들 때쯤, 나는

차분하게 이 일을 다시 돌아봤다. 무엇이 문제였던 걸까? 아니 땐 굴뚝에 연기 나랴. 뭔지 정확히 알 순 없지만 나에게도 분명 모자람이 있었기 때문이겠지. 따지고 보면 사이가 그렇게 된 후 나도 큰 노력을 하지 않았던 게 사실이다. 당시 밀려오는 배신감과 상처 난 자존심에 노력의 의지가 딱히 없었던 것이다. 그들은 어렸고 나도 어렸다. 그냥 인연이 거기까지였던 걸 인정하니 편했다. 줏대가 없고 의리가 없다며 그들을 원망할 필요도 없고, 내가 도대체 어떤 잘못을 했던 걸까 혼자 자책할 필요도 없는 거다. '그럴 수도 있지 뭐' 하고 그들을 용서했을 때가 되어서야, 상처는 더이상 덧나지 않고 기억 저편에서 아물 수 있었다.

눈 딱 감고 질러 보기

고등학교를 졸업할 무렵, 내가 생각하는 내 모습은 어린 시절에 비하면 훨씬 괜찮았다. 소심함은 많이 걷혀 있었고, 겁 많고 눈치를 살피는 모습도 줄어들어 훨씬 당당하고 단단해진 모습이었다. 변화는 특정한 순간에 마법처럼 일어나는 일이 아니었다. 원하는 방향이 있고 계속 그 방향으로 나아가고자 노력한다면, 언젠가는 변화된 내 모습을 마주할 수 있는 법이다. 대학교 새내기가 될 무렵, 나는 지나온 변화에 대해 수없이 복기하며 또 한 번 새로운 방향을 잡았다.

'대학에서는 기필코 자신감 있는 태도로 사람들과 적극

적으로 사귀고 해보고 싶었던 일들 다 해볼 거야.'

나는 그때부터 '후회하지 말자'를 좌우명으로 삼았다. 좌우명을 세우는 일은 얼핏 구식으로 보일지 모르지만, 나에게는 확실히 '마법의 주문'과 맞먹는 효과가 있다. 이때부터 나는 내 철학에 맞는 좋은 문장들을 여기저기 적어두고 스스로 되돌아보는 장치로 이용하곤 했다. 이렇게라도 늘 머릿속에 기억하면 행동으로 이어질 확률도 커지는 느낌이었다. 어쨌든 좌우명 덕분인지 나는 조금 더 적극적으로 용기를 낼 수 있었는데 먼저 말 걸기, 조별 과제에서 발표 담당하기, 무대에 나가 춤추기 등이 대표적이었다. 시도하기 전에는 너무 어려웠지만, 막상 경험해 보니 생각만큼 어렵지 않고, 또 생각보다 좋았다. 스스로 내민 발걸음에 스스로가 성장하는 기쁨은 값졌다.

그때 또 한 번 가슴을 두드리는 상상이 시작됐다. 대학생 라이프에서 가장 중요하게 생각해 왔던 일인데, 바로 외국에서 생활해 보는 것이었다. 겁도 많고 소심한 내가 혼자 외국에 떡하니 떨어져 낯선 사람들 틈에 살아간다니 생각만 해도 짜릿했지만 동시에 걱정되는 일이었다. 좌우명

만으로는 선뜻 마음의 결정을 내릴 수 없는 나에게는 너무 큰 도전이었다. 그동안 용기 낸 것처럼 이번에도 하기 전이 어렵지 하고 나면 괜찮을 거라 생각했지만, 불안하긴 마찬가지였다. 나는 왜 이렇게 걱정이 많을까. 이런 겁쟁이 심보를 극복할 수 있는 방법은 없는 걸까?

외국에서 혼자 살아보기 위해서는 워킹홀리데이, 어학연수 프로그램 등 여러 방법이 있었지만, 가장 효율적인 방법은 교내 교환학생 프로그램을 이용하는 것이었다. 혼자서 준비해 떠나는 워킹홀리데이보다는 학교의 지원도 받을 수 있고, 잘 설득하면 부모님의 허락도 어렵지 않게 받아낼 수 있었다. 교환학생 정보를 탐색하던 중, 마음에 꼭 드는 학교를 발견했다. 전공 및 관심사와 유사한 '관광경영' 전공을 다루는 학교였고, 유럽 중앙에 위치한 오스트리아에 있었다. 해외에서 살아볼 수 있고, 현지 대학에서 외국인 친구들과 어울리며, 주변 유럽 국가로 여행하기에도 좋은 최적의 선택지였다.

교환학생으로 선발되기 위해서는 준수한 학과 성적, 기준 이상의 어학 성적과 돈이 필요했다. 우리 집은 넉넉하지도 부족하지도 않았다. 너무나 주관적인 부분이지만, 그냥 내 주변 친구들에 비하면 사실 부족한 수준이었다. 대학교 학비까지는 부모님이 지원을 약속하셨고, 그와는 별도로 한 달 용돈은 30만 원씩이었다. 30만 원 중 매달 고정으로 나가는 5만 원의 통신비와 8만 원의 교통비를 제한 17만 원이 실질적으로 내가 쓸 수 있는 돈이었는데, 학식 등 5천원 이하의 저렴한 식사로 끼니를 때운다고 쳐도 점심, 저녁값으로만 하루에 만 원이 필요했다. 당연히 나는 항상 여윳돈이 부족했다. 하필 대학생이 되고 만난 친구들이 대부분 넉넉한 가정의 넉넉한 씀씀이를 가진 친구들이었고, 가끔은 그들과 함께 더 맛있고 다양한 메뉴를 먹으러 다니기도 했다. 그뿐인가. 카페, 술자리, 쇼핑, 동아리 활동 등 돈 나갈 구석은 훨씬 많았다. 그래서 나는 성인이 되고 아르바이트를 한 번도 쉴 수 없었다.

교환학생 심사 및 면접은 떠나는 학기 기준 바로 직전 학기에 이루어지므로, 목표로 한 3학년 2학기에 떠나기 위해서는 3학년 1학기 심사에 합격해야만 했다. 나는 그때까지 성적을 관리하고, 목표 어학 점수를 달성하면서 오스트리아 생활과 유럽여행을 위한 돈을 모으기로 결심했다. 생각보다 어학 점수를 빠르게 달성한 덕에, 계획보다 한 학기 이른 2학년 2학기에 교환학생에 지원해 볼 수 있는 자격을 갖추게 됐다. 서류에서 붙게 된다면 다음 학기에 있을 정식 지원에서 서류 걱정이 없어지는 것이었고, 면접 경험도 쌓을 수 있었다. 도전해 볼 만한 좋은 기회였다. 어머나, 그런데 이게 웬일! 덜컥 최종까지 붙어버린 것이다.

기대했던 나 홀로 외국 생활이 코앞에 다가오자 큰일이었다. 용기는 둘째 치고 돈이 없었다. 여윳돈이 없는 상태로 교환학생을 떠나면 여행은커녕 현지 생활에서도 제약이 많을 것이 뻔했다. 오스트리아까지 가서 금전적 제약 때문에 외식도, 달콤한 젤라또도, 친구들과의 파티도 놓치는 건 싫었다. 그건 내가 애초에 경험하기 바랐던 외국 생활이 아니었다. 게다가 유럽 배낭여행은 나의 오랜 로망이었고, 어쩌면 다시는 없을 기회였다. 돈이 필요했다. 출국까지는 3개월가량이 남은 상태에서 마음이 조급해졌다. 이미 잡은 기회를 날리기도, 돈이 부족한 상태로 떠나기도, 그렇다고 안 그래도 힘들어하는 부모님께 부담을 주기도

그때 또 한 번!

가슴을 두드리는 상상이 시작됐다.

싫었다. 당시 최저시급인 5천 원으로 모을 수 있을 만큼 최대한 열심히 모아야 했다.

인생은 계획대로 되지 않는다. 안 좋은 쪽으로 풀릴 때도 있고, 좋은 쪽으로 풀릴 때도 있지만 이게 잘된 일인지, 어쩐 일인지 따지고 있는 건 시간 낭비이다. 당장 아르바이트를 구해 방학 동안 열심히 돈을 모았지만, 유럽여행 경비로는 턱도 없었다. 어쩌지… 어떻게 더 모을 수 있을까… 고민에 고민을 거듭하던 그때! 생각지도 못하게 장학금이 들어왔다. 언젠가 장학금을 받게 된다면 5:5로 나눠 갖기로 한 부모님과의 약속대로, 당시 나는 100만 원이 넘는 돈을 단번에 얻을 수 있었고, 아르바이트로 모은 돈, 장학금, 부모님으로부터 받은 비상금까지 챙겨 풍족한 마음으로 비행기에 오를 수 있었다. 유럽이라니, 내가 유럽에서 살게 되다니!

다름투성이 유럽 생활

막상 하늘길에 오르니 마음이 평온해졌다. 학기 시작 전, 함께 오스트리아로 떠나는 같은 학교 언니와 일주일간 독일 여행을 했는데, 독일은 너무 예뻤고 모든 일은 순조로웠다. 걱정했던 언어장벽이나 인종차별 문제도 없었고, 한국과는 완전히 다른 분위기가 재미있었다. 역시 해보기도 전에 지레 겁먹을 필요가 없는 거였다. 순탄했던 독일 여행을 마치고 오스트리아에 도착한 첫날, 들뜬 마음으로 도착한 기숙사 앞에서 나는 좌절했다. 한국에서부터 어렵게 알아보고, 예치금까지 낸 기숙사에 내 방이 없다는 청천벽력 같은 소리를 듣게 된 것이다.

"다빈, 쏘리~ 네가 이 방 예약해놓은 건 알지만, 입주해 있던 학생이 아직 방을 빼지 않았어. 연락해 봤는데 전화를 받지 않네? 안타깝지만 미안해."

"오 마이 갓! 그럼 저는 어디서 자나요?"

유럽에서 우리나라처럼 친절하거나 빠른 일 처리를 기대하는 건 금물이라는 얘기를 들어서인지 사감 베냐민에게 따지고 화를 내기도 애석한 상황이었다. 도착하자마자 생필품과 휴대전화 유심카드를 사서 짐을 정리한 다음 개강 준비를 하려던 내 계획은 무너져 버렸다. 당장 이틀 뒤가 개강이었다.

일단은 같은 기숙사를 신청한 같은 학교 친구 방에 캐리어 가방을 둔 채 밖으로 나왔다. 동네를 이리저리 돌아다니며 유심카드를 사서 돌아올 때까지도 기존 방 주인과는 연락이 되지 않았다. 안타깝게 여긴 베냐민은 임의로 남는 방을 우선 배정해 주었다.

내 방도 아닌 그 방에서 내가 처음으로 한 일은 울기였다. 울 생각은 없었는데 문을 닫자마자 그냥 눈물이 났다.

함께 교환학생을 온 친구들은 다 멀쩡히 제 방을 찾아갔는데, 왜 나한테만 이런 일이 일어난 건지. 용기 내서 여기까지 왔는데 왜 초장부터 이렇게 힘이 빠지는지. 너무 서러웠다. 나도 불쌍하고, 캐리어 가방에 멀뚱히 갇혀서 풀리지 못한 내 짐들도 불쌍했다.

늘 언니와 방을 공유하며 좁은 집에서 복작복작 살아왔던 터라, 완전히 독립적인 공간에서 펑펑 울어본 건 그때가 거의 처음이었다. 눈물을 쏟아낸 만큼 마음이 편안해졌다. 울기 전에는 서러웠는데, 울고 나니 웃겼다. 시트콤 속 주인공이 된 기분이었다. 마음이 진정되니 머리도 차분하게 정리가 탁탁 됐다. 어쩌면 감정 해소에 가장 좋은 건 애써 좋게 포장하는 게 아니라 그 감정에 충실한 행동을 하는 것. 감정에 충실한 뒤에 마음이 평온해지면, 그때 다시 현실을 직시하고 대수롭지 않게 여겨보는 것이다.

'이미 이렇게 된 거 어쩌겠어… 이 일도 곧 해결될 거고, 지나고 나면 또 추억으로 남겠지.'

어쩌면 정말로 특별한 경험일지도 몰랐다. 다른 사람이

아닌 오직 나만 겪은, 또 지금 이 순간이 아니라면 절대로 겪을 수 없는 일이었다. 아니나 다를까. 이 기억은 지금도 가끔씩 꺼내 보는 소중한 추억의 한 페이지가 됐다.

그 방에서 짐도 못 풀고, 이불도 없는 채로 나흘을 버틴 후에야 나는 내 방에 대한 권리를 찾을 수 있었다. 나를 속썩인 기존의 방 주인은 후에 이 사실을 모른 채 만나 친구가 된 '프란'이었다. 프란은 내가 도착한 그날 동네 뒷산 알프스에서 스키를 타고 있었다고 한다. 환장할 만큼 여유로운 유럽 대륙의 친구였다.

내가 살았던 인스브루크는 알프스산맥에 둘러싸인 오스트리아 서쪽의 작은 마을이었는데, 알록달록 조그만 건물들 뒤로 보이는 눈 덮인 산의 풍경은 날씨가 좋을 때나 나쁠 때나 장관이었다. 자동차보다는 레일 위를 움직이는 트램이나 길거리의 자전거가 흔하게 보였고, 저녁 6시 이후로는 모든 가게가 문을 닫았다. 정말 조용한 도시였다. 우리는 마을 중앙으로 흐르는 하천을 따라 산책을 하기도,

유러피안 스타일을

깨친 것이 아니고,

코리안 스타일을

그제야 벗었던 것 같다.

강가에 걸터앉아 술을 마시기도 했다. 주변에 사진 찍기를 좋아하는 친구가 없어서 날이 좋으면 혼자 동네 사진을 찍으러 다니기도 했는데, 소음도 사람도 없는 거리에서 처음으로 온전한 나만의 시간을 즐길 수 있었다. 아무도 신경 쓸 일 없이 그저 날씨가 선물해 주는 예쁜 풍경을 카메라로 담는 시간, 모든 게 영화의 한 장면처럼 여유로웠다.

인스브루크의 물가는 그럭저럭 괜찮았지만, 레스토랑이나 교통비는 굉장히 비쌌다. 나는 학기가 끝난 뒤 있을 여행 자금을 모으기 위해 두세 번 시도해 본 외식 빼고는 모두 기숙사에서 만들어 먹곤 했다. 그러다가 요리 실력도 늘고 살도 늘었다.

그곳에서는 모두가 인사를 했다. 기숙사에 입주한 지 얼마 되지 않았을 무렵, 기숙사에서 아는 사람이라곤 같이 온 학교 사람들 몇 명이 다였는데, 그럼에도 'Hi' 혹은 'How are you?' 소리는 하루에 열 번도 넘게 들었을 것이다. 기숙사 엘리베이터나 현관 등 마주치는 곳곳에서 그들은 처음 본 나에게 본래 아는 사람인 양, 친근하고 반가운 인사를 건넸다. 공용 주방이나 세탁실에서 만났을 때는 인사말에 이어 간단한 잡담도 나누곤 했다. 내가 먼저 말을 걸긴 어려웠지만, 누군가 말을 걸어 주면 열심히 대답했다. 덕분에 실제 영어 실력이 크게 는 건 아님에도, 영어로 말한다는 어색함을 많이 극복할 수 있었다. 그들과의 일상 대화는 재미있었지만, 먼저 말을 걸 용기는 내기 어려웠다. 그래서 나는 그런 아는 척이 고마웠다. 너무 많은 사람의 너무 다양한 이야기를, 또 너무 간헐적으로 듣다 보니 결국 머릿속에서 누가 누군지 짬뽕이 되어 버리긴 했지만.

유럽 사람들은 우리나라 사람들보다 확실히 더 자유로웠다. 하루는 버스정류장에 우두커니 서 있는데 누가 자꾸 혼자 'Hey~' 하길래 쳐다봤더니, 글쎄 나를 부르는 거였다. 기숙사생도 아닌 나와 관련 없는 외국인이 나를 불러 말을 거는 건 처음이라 굉장히 당황스러웠지만, '여긴 유럽이잖아!' 하는 생각으로 꽤 자연스러운 분위기로 대화를 이어갈 수 있었다. 그녀는 다정하지만 큰 관심은 없는 태도로 나와 잠시 대화를 나누다 트램을 타고 떠나갔다. 잠깐의 대화였지만 기분 전환에는 딱이었다. 그 후로는 아무나 날 붙잡고 말을 붙여도 당황하지 않고 반갑게 받아들이는 법을 익혔다. 이런 식의 우연한 만남은 정보를 가져다

주기도, 웃음을 가져다주기도 했다. 교환학생 생활에 조금 익숙해지자 내가 먼저 말을 붙이기도 하면서 낯선 사람에 대한 지나친 경계심, 때론 배척하기도 하는 소심한 태도를 조금은 고칠 수 있었다. 유러피안 스타일을 깨친 것이 아니고, 코리안 스타일을 그제야 조금은 벗었던 것 같다.

기숙사 공용 주방은 만남의 장소였다. 싱크대, 개인 식기용 사물함과 냉장고 등이 모두 공용 주방에 있었고, 외식을 하지 않는 이상 기숙사 사람들은 항상 공용 주방을 이용해야 했기 때문이다. 공용 주방에서 펼쳐지는 풍경은 늘 비슷했다. 인도, 카자흐스탄, 홍콩, 우리나라 친구들을 제외하고는 그들은 혼자 밥 먹기를 잘했다. 혼밥을 하다가 모르는 친구가 혼자 식사를 하려고 테이블에 앉으면, 그 자리에서 잡담을 시작하고 서로 친구가 되는 식이었다. 모두가 자연스럽게 혼밥하는데 나도 은근슬쩍 가서 껴 봐야겠다고 마음속으로 생각은 몇 번도 더했지만… 그 시절 나에게는 어려운 일이었다. 지금이면 아무 거리낌 없이 가서 말도 자연스럽게 붙일 텐데…! 또 한 번의 그저 마음속 생각이었다. 남의 눈치를 보지 않고 주변 시선도 신경 쓰지 않고 아무에게나 거리낌 없이 다가갈 수 있는 그들의 성격이 매우 부러웠다. 그렇게 나는 대부분의 시간을 한국 친구들과 함께 생활했고, 이따금 외국 친구들과 대화했다.

내가 처음 혼자 용기를 내서 말을 걸었던 건 역시 공용 주방에서였다. 마침 주방에는 그의 집중을 빼앗을 만한 다른 친구들 없이 나와 둘만 요리하고 있었고, 이전에도 꽤 자주 출몰했던 그가 친숙하게 느껴져서 보다 쉽게 말을 걸 수 있었다.

"안녕!"
"안녕!"
"뭐 만들어?"

그가 요리를 먼저 시작하고 있던 터라 자연스러운 주제로 질문을 던졌다. 역시 걱정과 다르게 그는 환하게 웃으며 정답게 대화를 받아 주었다. 몇 마디 주고받지 않았는데 그가 스물일곱 살이나 된, 나보다 한참 오빠라는 사실을 알게 됐다.

"와우, 스물일곱 살인데 교환학생을 온 거야?"

"응!"

"스물일곱 살이면 조금 늦은 거 아니야?"

"스물일곱 살이 왜?"

"음… 그러네. 스물일곱 살도 좋은 나이인데, 한국에선 보통 일을 시작하는 시기니까."

"그럼! 나는 이쪽에서 더 공부해 보고 싶은 게 있어서 왔어."

"그럼 교환학생 끝나고는 뭐 할 거야?"

"음, 글쎄? 그때 하고 싶은 거? 구체적으로 생각해 보진 않았어."

짧지만 강렬한 대화였다. 늘 조급해하고, 또 한탄하고, 그만큼 열정적인 사람들이 모여 사는 우리나라에서의 대화와는 달랐다. 한국 고등학생들은 모두가 바쁘다. 입시는 너무 중요하기 때문이다. 대학생이 되어서도 바쁘다. 스펙 관리가 중요하기 때문이다. 대학교 막학년이 되어서도 바쁘다. 취업이 너무 중요하기 때문이다. 그러다 일하기 바쁘고, 돈 벌기 바쁘다. 결혼하기 바쁘고, 애 키우느라 바쁘다. 정말 인생을 바쁘게 산다. 바쁘게 살다가 무얼 위해 사는

지도 종종 잊어버리곤 한다. 시기가 중요한 게 아닌데, 남들 시선이 중요한 게 아닌데. 미래보다는 현재인 건데… 그동안 너무 숫자에만 의미를 두고 살아온 건 아닌지 떠올려 봤다. 그와의 대화를 통해 그동안 나는 뭘 위해 달려왔는지 생각해 보게 됐다. 여기까지 달리긴 달렸는데 무엇을 위했던 것인지는 끝끝내 찾아내지 못했다.

바다의 물고기는 자신이 젖어 있다는 것을 자각할까? 혹 누군가 물고기에게 그 사실을 얘기해 준다고 한들 그 사실을 믿을까? 교환학생 경험을 통해 한국 사회라는 '물' 밖으로 나온 나는 그제야 남들 시선을 의식하며 너도나도 경쟁하느라 바쁜 한국의 일상에 대해 다시 한 번 생각해 보게 됐다. 나는 무얼 하며 살고 싶고 어떤 사람이 되고 싶은가. 처음으로 잠깐이나마 내면을 되돌아보게 됐다.

우리 기숙사는 인스브루크에 있는 기숙사 중 가장 시설이 좋고 비싼, 조금은 핫한 지역에 있는 장소였는데, 그래서 기숙사 내부에서 꽤 자주 파티가 열렸다. 2층 공용 주방에서 조금 시끌벅적한 소리가 들린다 싶으면 어김없이 파티였다. 파티는 내가 기존에 생각해 왔던 영화나 미드 속 화려한 드레스와 함께하는 고급스런 파티의 이미지와 다르게 그냥 너도나도 모여 노는 느낌이었다.

그곳의 모든 파티는 스탠딩으로 진행됐다. 처음에는 서서 술을 마시고 논다는 게 참 어색했다. 그러나 몇 번의 파티 참석 끝에 움직이기도 편하고 안주도 덜 집어 먹게 된다는 '서서 술 마시기'의 이점을 깨닫게 됐다. 자리 이동도 자연스러워서 얘기를 나누다가 할 말이 떨어질 때면 뻘쭘할 틈 없이 다른 데로 가기 좋았다. 사소한 차이지만 확실히 문화가 다르긴 했다. 나와 한국 친구들은 대부분 밤 9시가 넘어서야 파티에 참여하곤 했는데, 그전에는 아무래도 분위기가 과열되기 전이라 서먹한 느낌이 있기 때문이다. 하지만 늦은 시간 주방 문을 열고 들어가면 무료 음료는 잔뜩 널브러져 있고, 남아 있는 사람들은 잔뜩 흥이 돋아 음악에 맞춰 덩실덩실 춤을 추고 있었다. 그때 나는 살짝의 취기를 빌려 여러 친구를 사귈 수 있었다. 술기운에 보디랭귀지가 더 자연스러워진 덕분인지 파티에서는 의사소통이 훨씬 더 재미있고 자연스러웠다. 물론 그 술기운에 다음날이면 기억이 가물가물하긴 했지만 말이다.

한번은 파티 마지막까지 남은 열댓 명이 홍이 가시질 않아 2차로 '가라오케'에 간 적이 있었다. 가라오케라고 하길래 '오잉? 우리나라처럼 노래방이 있나 봐!' 했는데 오산이었다. 그들이 우리를 데려간 그곳은 모두가 함께 보고 모두가 함께 듣는, 바 형식의 술집이었다. 노래 반주를 신청하면 모두가 들리게 스피커로 반주를 틀어 주고 신청자가 한가운데서 마이크를 잡고 노래를 부르기 시작한다. 그러면 그 노랫소리 역시 바 전체 스피커를 통해 전해지고 바 안에 있는 손님 모두가 함께 즐기는 식이었다.

그곳에서 제임스라는 홍 많은 친구를 한 명 만났다. 그는 한국 사람인 우리를 굉장히 반가워하며 가수 싸이에 대해 아는 척을 했다. 한창 〈강남 스타일〉이 전 세계를 히트 쳤다는 뉴스가 떠들썩할 시점이었는데, 실제로 외국에서, 한국도 잘 모르는 친구들 입에서, 싸이의 이름이 나오니 정말 신기했다. 그는 연신 '깽냄 스딸!'을 외치며 덜그럭거리는 말춤을 흉내 냈다. 노래를 알 뿐만 아니라 말춤까지 재연해 내다니 놀라움의 연속이었다. 거기까지는 좋았다. 그런데 제임스는 적당히를 모르는 친구였던 것이다. 그는 우리와 상의 없이 돌연 바 쪽으로 가서 〈강남 스타일〉을 신청해 버렸다.

"헤이, 내가 신청했어. 불러 줘!"
"아니야! 아니야, 노노!!"

극구 반대하는 우리를 놔두고, 제임스는 친구들에게 "강남 스타일 곧 시작해~"라며 눈치 없는 홍보 타임을 시작했다. 분위기는 과열됐다. 얼마 지나지 않아 스피커에서 익숙한 전주 음이 흘러나왔는데, 웬걸! 마이크가 내 손에 던져진 것이다.

지금 이 곡을 외면해서 갑분싸 분위기를 만들 바에 눈 딱 감고 한 번 창피한 게 낫겠다는 생각이 들었다. 〈강남 스타일〉의 빠른 비트와 쿵쾅대는 내 심장 비트가 더해진 그날의 노래는 완전히 망곡이었다. 그 와중에 대부분의 사람이 열광하면서 말춤을 흉내 내는 건 참 신기했다. '전 세계 히트!'라는 수식어가 과연 과장은 아니었던 모양이다. 호응이 있으니 나 또한 남들 시선 의식 없이 노래를 즐길 수 있었다. 한 번의 작은 행동이라도 나비효과처럼 또 다른 경험들을 불러오는 법! 그 후 학교에서 "강남 스타일!" 하며 다가와 주는 친구들이 생겨났고, 이 일은 이후의 교환학생 생활을 더욱 거리낌 없이 할 수 있는 계기가 되었다.

교환학생을 하며 만났던 유럽 친구들은 대체로 쾌활하고 자유로웠다. 그들로 인해 많은 것을 깨쳤고, 또 많은 생각이 달라졌다. 그곳에서는 교수님과 학생이 맞담배를 피우고, 자연스러운 민낯으로 발표를 하거나 많은 사람을 만나는 모임에 참여한다. 우리나라에서는 욕을 먹을 수도 있는 행동이지만, 그러면 안 된다고 누가 그랬단 말인가. 가끔은 남들 시선이나 말 따위는 벗어던져도 괜찮다. 그렇게 눈 딱 감고 했던 일들이 지금 오히려 더 생각나는 걸 보면 말이다. 그런 건 사실 아무것도 아니다.

가끔은 남들 시선이나 말 따위는

벗어던져도 괜찮다.

배낭여행,
나한테 이런 일이!

오스트리아에서의 교환학생 생활은 생각만큼 좋았다. 나는 교환학생으로 지내는 동안에도 시간이 날 때마다 주변 국가로 종종 여행을 다녔다. 그리고 학기가 끝난 6월 중순, 일정이 맞아떨어지는 친구 쏜과 함께 약 한 달간의 배낭여행을 본격적으로 시작하게 된다.

유럽 배낭여행에 대한 악담은 인터넷에서 익히 들어 알고 있었다. 혹시나 우리에게도 나쁜 일이 생기지 않을까 하고 잔뜩 쫄았는데, 역시나였다! 멀쩡히 길을 걸어가는 우리를 향해 다짜고짜 "니하오" "곤니찌와" 하는 식의 반응은 기본이었고, 초록 신호임에도 웬 자동차가 우리 앞을

쌩 지나가며 가운뎃손가락을 날리기도 했다. 정말이지 무섭고 기분 나쁜 경우가 한두 번이 아니었다. 인터넷 여행 카페를 통해 만난 동행인 언니의 가슴팍에 꽂아 놨던 선글라스를 대놓고 슥 훔쳐 가기도, 여행객이 그 나랏돈을 잘 구분하지 못한다는 걸 이용해 잔돈을 터무니없이 거슬러 주기도 했다.

교환학생 때부터 사용했던 짐이 가득한, 32킬로그램이나 나가는 캐리어 가방 바퀴가 갑자기 빠지는 바람에 10분이면 갈 거리를 한 시간 걸려 끌고 가야 했을 때도 있었다. 그땐 폭염 속 어지럼증과 가도가도 끝이 안 보이는 막막함에 지쳐 정말 울고 싶었다. 그 무거운 캐리어 가방을 들고 이동할 때마다 기차 짐칸에 올려놓기란 정말 힘든 일이었는데, 호의적인 표정으로 흔쾌히 도와줘 놓고는 올리자마자 곧바로 험악하게 돌변하여 돈을 요구하는 양아치들도 있었다. 그 외에도 그냥 온전히 내 실수로 유레일패스를 잘못 사용해서 벌금을 왕창 물 뻔한 적도 있고(다행히 승무원이 그냥 넘어가 줬다), 숙소 예약을 한 달 후 날짜로 해 버려 생돈 20만 원 가까이를 허공에 날리기도 했다.

이래저래 소매치기나 강매로 악명 높은 도시들을 지나온 후였다. 우리는 스위스의 수도 베른에서 쉬엄쉬엄 묵고 가기로 결정했다. 베른은 자연과 마을이 하나 된 듯, 아름다운 동화 속 풍경을 지닌 도시였다. 그동안 겪은 불쾌함과는 정반대로 스위스의 인상은 참 좋았다. 자동차들은 지나가다가도 우리를 위해 속도를 낮춰 멈춰 주었고, 사람들도 신경질적인 모습 없이 모두가 여유로워 보였다. 우리는 시냇가에서 음악을 들으며 발을 담그고 놀고, 대낮에 편한 옷차림으로 공원을 거닐며 풀밭을 마구 뒹굴기도 했다. 평화로웠다. 베른은 다른 관광지처럼 유명한 볼거리가 있는 곳은 아니었지만, 그곳만의 정취가 풍기는 곳이었다. 삼일이나 한량처럼 머문 여행자의 발걸음도 다시 붙잡는 매력이 있었다.

베른에서 평화로운 며칠을 보내고 다음 목적지인 스위스 루체른으로 향하기 위해 짐을 싸 들고 기차역으로 가는 버스를 탔다. 버스에 올라타서 친구와 잠깐 얘기를 나누다가 잘못 탄 걸 깨닫고 하차를 하려던 참이었다.

"야… 너, 가방… 뭐야?!"

하차를 위해 뒷문을 향해 돌아선 친구의 가방 지퍼가 열려 있었다. 당황한 우리는 눈이 휘둥그레진 채 내리자마자 후다닥 가방을 확인했다.

세상에…! 겨우 한 정거장을 지나는 동안이었다. 열린 가방은 친구 것만이 아니었다. 옆으로 메고 있던 내 손가방의 지퍼도 마찬가지로 열려 있었다. 도대체 어떻게 된 거지? 버스를 탈 때부터 내릴 때까지 나와 친구는 쭉 서로를 마주 보고 서 있었는데, 왜 둘 중 누구도 상대의 가방이 열리는 것을 못 봤지? 5분도 안 되는 그 짧은 시간에, 누가, 어떻게, 언제 우리에게 접근했던 거지? 그 많던 버스 안의 사람들은 과연 이 사실을 몰랐을까? 알면서도 나서지 않은 걸까? 신사적인 나라 스위스에서 소매치기라니 정말 상상도 못한 일이었다. 심지어 친구는 혹시 모를 상황을 대비해 자물쇠로 백팩을 잠가 놨었다. 그러나 전문 소매치기였던 건지 그들은 자물쇠 부분을 피해 다른 쪽 지퍼를 칼로 찢어 그 안의 내용물을 훔쳐 간 듯했다. 칼로 찢겨 나간 부분 위로 덜렁거리는 친구 백팩의 자물쇠가 처량한 순간이었다. 화가 나야 하는 상황인데 겁이 났다. 욕 대신 눈물이 나오려고 했다.

유럽여행에 대한 악담은

익히 들어 알고 있었다!

설마 우리에게도...?

쏜은 모든 것을 털렸다. 지갑, 아이폰 그리고 여권까지… 이 정도면 배낭여행자에게 전 재산이라고 해도 과언이 아니다. 혼자였다면 아주 절망적인 상황이었을 것이다. 나는 지갑만 털렸다. 손가방 안에 꽉 차게 자리했던 노트북이 그 이상의 털림을 막아 준 것 같았다. 내 지갑 안에는 외국인학생증과 현금 15만 원 가까이가 전부였다. 그래서 나는 상대적으로 피해가 적었다.

하지만 답이 없는 상황이었다. 내 휴대전화라도 훔쳐가지 않은 게 다행이라고 생각하기에는 데이터도 쓸 수 없는 휴대전화가 너무 쓸모가 없었다. 그동안 늘 쏜의 휴대전화로 길을 찾고 예약 내역을 증명해 왔기에, 지금 기차를 타고 루체른으로 넘어간다고 한들 숙소를 어떻게 찾아갈지 막막했다. 눈앞이 깜깜해졌다. 쏜이 울기 시작했다. 친구를 따라 나도 울음이 났다. 처음 겪어 보는 제대로 된 멘붕이었다. 쏜은 돈도 없고, 가족들한테 연락할 폰도 없고, 그동안 찍은 사진도 이젠 없다며 통곡했다. 한국은 어떻게 돌아가지? 당장 잠잘 곳은 어떻게 찾아가고 밥은 어떻게 먹지? 나도 뭐라고 해 줄 말이 없었다. 우리는 주저앉아 훌쩍였다.

일단은 기차를 탔다. 그동안의 유럽여행 경험이 도움이 되었던 건지, 어플리케이션에 의지하지 않고 기차역에서 플랫폼을 찾는 데까지는 생각보다 수월했다. 우리는 루체른행 기차에 올라탈 때까지 거의 아무 말도 하지 않았다. '이제 어떡하지…' 하는 걱정과 '또 누가 접근하면 어쩌지…' 하는 두려움에 눈치만 보고 있을 뿐이었다. 상대적으로 덜 털린 내가 쏜을 위로해 주는 게 맞았지만, 어떻게 위로를 해야 할지 몰랐다. 아니 사실은 나도 무서움과 허탈함에 혼이 빠진 상태였다. 바로 털고 일어나기에는 가난한 여대생 두 명에게 너무 무서운 일이었다.

그렇게 반쯤 달려왔을까, 기차가 갑자기 멈춰섰다. 스피커에서는 독일어인지 프랑스어인지 모를 언어로 안내 방송이 흘러나왔다. 여느 때와 다름없이 잠깐의 정차이겠거니 생각했다. 그런데 5분이 지나도, 15분이 지나도 기차는 다시 출발하지 않았다. 기분 나쁜 예감이 또다시 우리를 스쳐갔다.

"기차 고장 때문에 잠깐 정차합니다."

지나다니는 승무원에게 이유를 물어봤지만 형식적인 대답만 들을 수 있었다. 기약 없는 기다림에 짜증이 나기 시작할 무렵, 우리 칸에 경찰복을 입은 두 사람이 올라타더니 재빠른 움직임으로 우리와 마주 보고 앉아 있던 어떤 남자를 연행해 갔다. 순식간에 일어난 일이었다. 그러더니 이내 기차가 출발했다. 우리 앞에 범죄자라도 타고 있었던 건가? 문득 세상이 더 무서워졌다.

이런저런 생각지 못한 일들로 루체른에 도달했을 때는 이미 시간이 많이 늦은 상태였다. 스타벅스의 약한 와이파이와 구글 오프라인 지도에 의존해서 어찌어찌 숙소를 찾아갔지만 제대로 찾아왔다는 안도감도 잠시, 우리는 막막한 앞으로의 일정에 대해 방법을 고민해야 했다. 가난한 배낭여행자의 유럽여행 계획은 굉장히 빡빡한 법인데 그것들을 다 포기해야 할 판이었다.

우선 친구가 여행을 지속하려면 임시 여권이 필요했고, 여행자보험과 임시 여권을 위해서는 현지 경찰서에서 경위서를 작성해야 했다. 유럽인지라 저녁 여섯 시를 넘기면 경찰서 사람들도 퇴근했을지 모른다는 생각에 당일 저녁 부랴부랴 찾아간 경찰서에는 정말로 아무도 없었다. 굳게 닫힌 정문 옆쪽에서 겨우 벨을 찾아 한참을 눌러 봤지만 아무도 응답하지 않았다.

'그냥 숙소에 돌아가야 하는 건가… 어쩌지…?'

포기하고 싶은 찰나, 인터폰 너머로 대답 소리가 들려왔고, 그 후 몇십 분을 더 기다려서 경찰관 한 분을 만날 수 있었다. 조사를 받으며 자초지종을 설명했다. 경찰 아저씨가 나름의 방식으로 우리를 안심시켜 주는데, 그 별것도 아닌 다정함에 눈물이 나올 것 같았다.

경위서 작성 다음 단계는 스위스에 있는 한국대사관을 방문하여 임시 여권을 발급받는 일이었다. 대사관 방문을 위해서는 소매치기의 근원지였던 베른으로 다시 돌아가야 했다. 문제는 여기서 또 터졌다. 유럽여행에는 기차가 필수여서 여행자들은 티켓 한 장으로 유럽 내 국가를 오가는 기차에 자유롭게 탑승할 수 있도록 유레일패스를 주로 이용한다. 유레일패스에는 여러 종류가 있는데, 그중 쏜은 '몇 번이든 열차를 탈 수 있는' 프리 패스를, 나는 '5개국 5회 한정인' 패스를 사용하고 있었다. 내가 프리 패스를 사지 못했던 건 가격 때문이었다. 여행을 계획할 시점에는 조금 불편함을 감수하더라도 한정 횟수의 패스를 사용하는 것이 금전적으로 낫다고 생각했다. 초보 배낭여행자의 여행 시나리오에 이런 특수한 상황은 전혀 없었던 것이다. 그런데 그게 지금 발목을 잡게 될 줄이야…….

쏜은 유레일패스를 자유로이 쓸 수 있어 다시 베른을 왔다갔다하는 데 금전적인 부담이 없었지만, 사전에 딱 필요한 횟수만큼 구매한 패스를 가지고 있던 나에게 추가적인 왕복 2회 탑승은 큰 부담이 됐다. 친구를 위한답시고 도시 간을 가볍게 왔다갔다하기에 스위스의 물가는 너무 비쌌다. 게다가 당시에는 인생에 다신 없을 유럽여행이라는 생각에 다음날 있을 루체른 일정을 모두 포기하기도 아까웠다.

선택의 기로에서는
좋은 점보다는 나쁜 점을 생각해 봐야
한다는 걸 처음 깨달았다.

그렇다고 나보다 정신이 더 나가 있는 쏜을 혼자 베른에 보내기도 어려웠다. 휴대전화가 없어서 서로 연락할 방법도 없었다. 혹시나 길을 잃거나 아니면 또 다른 나쁜 일이 생길지도 모르는 일이었다. 미안하고 걱정이 됐다. 대놓고 요구하진 않았지만, 쏜은 내심 함께 가길 바라는 것 같았다. 어떻게 해야 할지 정말 모르는 상황이었다.

결국 나는 쏜을 혼자 보냈다. 아침 일찍 쏜을 보내며 밤새 내가 찾아본 온갖 정보들과 혹시 모를 때를 대비한 각종 전화번호를 종이에 적어 손에 쥐여 줬다. 그렇게 친구를 혼자 떠나보내고 루체른을 여행한 나의 하루는 정말 별로였다. 전날 일어난 일들에 대한 복잡한 마음에 혼자 낯선 도시에서 착잡할 쏜에 대한 걱정이 중첩되어 하루 종일 여행에 제대로 집중할 수가 없었다. 결정할 때는 나름대로 합리적이라고 생각했는데, 막상 혼자 떠나보내고 나니 미안한 감정이 몰려왔다. 소매치기로 인한 상처는 쏜이 나보다 더 클 텐데… 한국대사관까지 혼자 왔다 갔다 하며 또 무서운 일이 생기지는 않을지… 그때 아마 나는 나의 선택을 후회했던 것 같다. 이렇게 제대로 즐기지 못할 거면 그냥 돈이 부담되더라도 함께 가 줄걸. 선택의 기로에서는 좋은 점보다는 나쁜 점을 생각해 봐야 한다는 걸 처음 깨달았다. 친구를 보내고 혼자 루체른 여행을 떠나서 얻는 좋은 점보다 친구를 혼자 보냈다는 죄책감이 주는 나쁜 점이 훨씬 컸다. 그날 나는 여행에서 예정보다 빨리 돌아와 쏜을 기다렸다. 혹시나 대문 비밀번호를 기억하지 못할까 봐, 혹은 정류장에서 숙소까지 길을 못 찾을까 봐, 숙소에 오자마자 짐을 벗어던지고 쏜이 곧 내릴 거라고 예상되는 버스정류장으로 향했다. 연락을 할 수 없으니 쏜이 언제 돌아올지 모르는 일이었다. 한 시간쯤 기다렸을까. 열린 승하차문 사이로 쏜이 내렸다. 나는 반가웠는데 쏜은 눈도 제대로 마주치지 않았다. 하루 종일 힘들었는지 기분이 퍽 상한 것 같았다. 나는 또 한 번 친구를 잃은 건 아닌지 불안했다. 진짜 그냥 같이 갈 걸… 너무 후회됐다. 그때 쏜은 아마도 내 상황이 이해는 되지만 서운한 마음이었을 것이다.

아직까지도 그때를 생각하면 심장이 쿵 하고 정신이 아

찔해진다. 그러나 우리는 결국 무사히 한국으로 왔고, 조금 어색해졌던 사이도 큰 문제없이 회복됐다. 모든 건 그저 지난 일이 됐다. 기숙사에 도착하자마자 갈 곳 없는 신세가 되었던 날도, 소매치기 사건에 머리가 백지가 되어 눈물만 하염없이 흘렸던 날도 모두 지나갔다. 하늘이 무너지는 처참한 기분도 지나고 보면 하나의 추억 속 장면으로 남을 뿐이다. 재미있고 교훈적인 추억 말이다. 몇 개월간의 다이나믹한 경험들을 통해 나는 모든 갑작스러운 일들에 더 여유롭게 생각하고 대처하는 법을 배웠다. 그리고 그 사건들은 명백하게도 내가 더 단단해지는 경험이었다.

유럽에서의 여섯 달을 보내고 돌아온 나는 많이 달라져 있었다. 주춤거리며 도전 정신이라고는 찾아볼 수 없던 어린 시절 소심한 내 모습은 많이 사라져 있었다. 맷집도 맞아 봐야 는다고, 강해지려면 이렇게 직접 부딪히는 방법이 최고였던 것이다. 애초에 말뿐인 다짐이나 책에서 얻는 조언만으로는 얻을 수 없는 내면의 단단함이었다.

캘리포니아에서 생긴 일

"야! 우리 미국 연수 공모전 참가해 볼래?"

바쁘지만 동시에 매우 지루한 나날을 보내던 와중 친구한테서 연락이 왔다. 공모전이라… 공모전은 투자한 시간이나 노력에 상관없이 합격, 불합격으로 결과가 나오기 때문에 제대로 할 것이 아니라면 공연히 시간과 체력만 들이는 일이라고 여겼다. 하지만 나를 흔든 건 바로 '공모전' 앞의 '미국 연수' 네 글자! 합격한다면 한 달간 미국 캘리포니아주에서 지낼 수 있는 것이었다. 호텔에서 투숙하며 현지 학교에서 수업도 받고 근교로 여행도 갈 수 있는 매력적인 프로그램이었다. 학점 인정도 받을 수 있고, 분명 많은 걸 새로 경험할 수 있을 것이고, 무엇보다도 남아 있는 소심함을 떨칠 수 있는 절호의 기회라고 생각했다. 세상 개방된 나라 미국 아닌가! 영어가 모국어인 나라 아닌가! 그런 미국에서 한 달간 지낸다면, 당당함으로 대표되는 유연한 미국식 마인드도 배우고 영어 회화 울렁증도 극복할 수 있을 것이었다. 지금 영어 성적이 좋으면 뭐 하나, 영어로 말할 땐 항상 개미 목소리가 되어 버리는걸… 그동안 줄곧 품어 왔던 회화에 대한 미련도 떨칠 수 있을 것이었다. 잡을 수만 있다면 놓치기 아까운 좋은 기회였다. 게다가 대학교 친구들과 함께할 수 있다는 점도 큰 메리트였다. 졸업 후 각자 사회에 나가게 되면 여럿이서 한 달 동안 미국에서 지낸다는 건 꿈도 못 꿀 일이 될 테다! 이 기회는 잡아야 한다!!

급하게 준비했지만 우리는 무사히 공모전에 합격할 수 있었다. 그리고 출국 날짜는 금세 다가왔다.

미국에 가지고 있던 살짝의 환상 덕분에, 공항에 도착했을 때 나는 그 어느 때보다도 설레었다. 그런데 문제가 생겼다. 왜인지 속이 더부룩한 것이다. 며칠 전부터 컨디션이 좋진 않았는데, 출발하는 날까지 별로라니… 급하게 공항 약국에서 약을 처방받았으나 별다른 소용이 없었다. 20시간의 기나긴 비행을 겨우 견뎌 캘리포니아에 도착했지만 컨디션은 더 악화된 것 같았다. 모처럼 미국에서 생활해 볼 기회인데, 건강 때문에 날리면 안 되는 건데…….

그냥 평소에 잠깐 체했을 때처럼 끽해야 이삼일이면 괜찮아질 줄 알고 나는 무리해서 일정을 강행했다. 그건 나의 착각이었다. 내 위는 무얼 먹어도 소화시키질 못했다. 물까지 소화 못 시키는 경우는 정말 처음이었다. 건강하게만 먹어도 모자랄 판에, 하필 미국은 온통 짜고, 달고, 자극적인 음식투성이였다. 숙소에서는 한국에서 가져온 즉석밥과 즉석식품으로 소가 되새김질하듯 세상 천천히 씹어 먹었고, 어쩔 수 없이 외식을 해야 할 땐 먹을 수 있는 음식이 없어 겨우 두세 입만 맛보는 게 다였다. 제대로 먹을 수 있는 게 없는데, 배고픔은 항상 느껴져서 힘들었다.

허기보다 문제였던 건 통증이었다. 연수 내내 하루 종일 위가 아팠고, 고통 때문에 울면서 겨우 잠들어도 몇 시간 못 가 깨길 반복했다. 당연히 수업은커녕 여행에 집중할 수 없었다. 기대했던 유니버설스튜디오, 디즈니랜드, 씨월드 등의 관광명소에서도, 친구들과 떠난 근교 드라이브 여행에서도, 라스베이거스에서도 제대로 즐길 수 없었다. 시장이나 쇼핑센터에 놀러 가서도 약을 검색하고 구매하는 데 시간을 허비하곤 했다. 당연히 현지 친구들을 사귀거나 미국 마인드를 터득할 마음의 여유 따위는 택도 없었다.

'오늘 이만큼이나 노력했으니까 내일은 조금이라도 더 나아지겠지.'

애써 돌린 긍정 회로가 무색하게 고통이 더 심해질 때면, 미친 듯이 화가 났다. 정말이지 미치는 줄 알았다. 처음으로 내가 내 감정을 완전히 컨트롤하기 힘들 정도였다. 화가 나서 쌓인 스트레스는 몸에 또 안 좋은 영향을 끼쳤다. 미국이라 병원에 갈 수도 없고, 악순환이 반복되며 지쳐 갔다.

'도대체 왜 이렇게 아픈 걸까? 왜 하필 미국에 왔을 때…….'

아픈 내 위가 원망스러웠다. 고통이 심해지고 나으려는

노력이 물거품이 될수록 나는 나날이 예민해져 갔다. 함께 있는 친구들에게도 너무 미안했다. 내가 미국 연수를 오고 싶어 한 만큼 친구들에게도 이번 기회는 너무나 소중할 텐데 아픈 나로 인해 친구들의 행동에도 제약이 걸린 것 같아 죄책감이 들었다. 예민해진 내 모습이 나도 싫은데, 그런 나를 곁에서 챙겨 주고 걱정해 주는 친구들은 얼마나 더 짜증날까. 그러나 나는 그런 친구들의 마음까지 돌볼 겨를이 없었다. 우울하고 예민한 나날의 연속이었다. 모두가 이런 나를 안 좋게 생각할 것 같았다. 3주 새 몸무게 6킬로그램이 빠져 버렸다. 인생에서 기분도 몸도 가장 아팠던, 컨디션 최악의 한 달을 꼽으라면 망설임 없이 이때라고 답할 수 있을 수준이었다.

나는 기분이 태도로 바뀌는 사람들을 별로 좋아하지 않았다. 기분에 따라 태도를 내비치는 것은 유치하고 어린 행동이라고 생각해 왔다. 기분이 상하면 기분이 상했다는 이유로 이렇게 행동해도 되는지 다섯 번씩 되새겨 본 다음 행동을 결정하곤 했다. 그래서 나는 줄곧 무작정 화를 내거나 감정에 북받쳐 눈물을 보이는 경우가 거의 없는 차분한 사람이었다.

그랬던 내가, 몸이 너무 아프자 신경을 마구 곤두세우고 다니게 된 것이다. 이래서 힘들 때 본성이 나온다는 말이 생겨난 걸까. 겪지 않고서는 이해할 수 없는 답답함과 억울함이었다. 나는 어느 순간 기분이 태도가 되는 그런 사람이 되어 가고 있었다. 점점 스스로가 별로라는 생각이 들었다.

'기분이 태도가 되지 않기!'

내가 내 모습을 미워하는 지점까지 와서야, 나는 무언가 크게 잘못되고 있다는 사실을 인지했다. 아픈데… 아픈 걸로 화나서 스트레스를 받다니. 정말 멍청한 짓이었다. 그동안 생각해 왔던 이상향으로 가기 위해서는 또 한 번의 다짐과 노력이 필요했다. 몸은 내가 어쩔 수 없으니 마음이라도 다스려야지.

노력한 만큼 증상이 호전되지 않아도 실망하지 않으려고 했고 맛있는 걸 못 먹고 좋은 곳을 온전히 못 즐겨도 억울해하지 않기로 했다. 비록 한국에 와서 제대로 된 진료와 처방을 받기 전까지 내 위는 맘처럼 좋아지지 않았지만, 그렇게 보낸 마지막 1, 2주는 그전보다 훨씬 더 행복했다.

기분이

태도가 되지 않기!

몸은 내가 어쩔 수 없으니

마음이라도 다스려야지.

취업,
또 한 번의 실패

대학교 졸업이 다가올 시점, 주변의 동기들은 하나같이 열심히 취업 준비를 하고 있었다. 취업시장이 워낙 어려운 데다가 '졸업 후 공백 기간이 있으면 기업에서 안 뽑아 준다' '여자는 나이 들면 취업이 더 어렵다'는 수많은 루머들이 있었기 때문에, 특히 여학생들은 여자로서 더 치열하게 취업 준비를 해야 한다는 생각들이 있었다. 나는 그들을 보며 덩달아 조급함이 몰려왔다. 막학기를 이수하는 동시에 그들을 따라 취업 준비도 같이 시작하기로 했다. 나름대로 우선순위를 둬서 취준보다는 학교 다니는 것에 더 집중을 했고, 다른 취준생들처럼 몇십 군데씩 지원서를 넣지도 않았다. 하지만 학교 수업과 과제 틈새로 밀

려드는 자소서와 인적성검사의 압박에 정신없는 막학기를 보냈다.

형식대로 아주 뻔하게 다섯 번째 자기소개서를 쓰던 중이었나, '왜?'라는 질문을 처음 던졌던 것 같다. 자소서를 작성하다 보면 '지원 동기'라는 항목이 꼭 나오는데, 그동안 써 왔던 다섯 군데 회사의 지원 동기 모두 쓸 말이 없었다는 사실을 깨달았다.

'그냥' 지원하는 곳에 왜 이렇게 시간 투자를 많이 하고 골머리를 앓고 있는지, 만약 지금 지원서 넣은 회사에 붙으면 나는 그 회사를 행복하게 다닐 수 있을지, 지금 이렇게 생고생해서 지원할 필요가 있는 건지… 내 현실을 생각하자 한마디로 현타가 왔다.

현타가 오자 취업 준비에 대한 흥미가 급격하게 떨어졌다. 교환학생 때 잠시나마 꿈꿨던 '남들 시선 의식 없이 진짜 내가 원하는 걸 하는 삶'은 택도 없었다. 되돌아본 나는 다시 한국 사회라는 '물'에 깊게 잠겨, 젖은 줄도 모르고 헤엄치고 있었다.

서류 전형 결과가 발표되었습니다. 홈페이지에서 확인해 주세요.

발표날 오는 문자는 세상에서 가장 떨리는 문자이다. 떨어졌다고 생각하면서도 내심 기대를 하게 되는 게 취준생의 연약한 심리이다.

귀하의 자질은 충분하나 본사와는…… 건강을 기원합니다.

그럼 그렇지, 또 탈락이라네… 벌써 세 번째 연속 탈락인 것 같다. 진짜 간절한 마음으로 성심성의껏 준비한 건 아니지만 거절당했다는 신호는 언제나 사람을 슬프게 만든다. '감히 날 떨어뜨리다니, 더 좋은 곳에 가 주겠어!'라는 자존심과, '그래도 열심히 썼는데…'라는 아쉬움은 어쩔 수 없다. 이제 손에 쥐고 있는 카드가 몇 장 안 남았다.

지원한 회사 중 가장 기대하던 기업의 서류 발표가 오늘이라고 한다. 여러 번의 탈락 경험으로 기대를 걸 곳이 많이 없어져서 더욱 떨렸다. 수업을 마치고 집으로 가는 지하철 안에서 홈페이지 새로고침만 연신 누르다가 '기대하지 말자'라는 마음으로 휴대폰을 집어넣으려는데, 마침 발표를 알리는 문자가 도착했다. 그 순간 지하철 안의 사람들이 다 취준생으로 보였다. 웃는 사람을 보고는 '저 사람… 혹시 합격한 건가?', 울상인 사람을 보고는 '저 사람은 떨어진 건가?' 하는 이상한 추측을 하며 떨리는 손으로 홈페이지에 로그인했다. 기대하고 있는 곳이어서 그런가 다른 곳에 다 떨어져서 그런가 정말 많이 두근거렸다!

축하합니다!

한참을 가만히 화면만 보고 있었다. 완전히 멍했다. 다른 사람이 내 모습을 봤다면 멍청해 보였을 것이다. '합격'이라는 글자를 몇 번이나 읽고 나서야 마음속에서 불씨가 확 타오르는 게 느껴졌다. 대박! 합격했다… 완전 대박!! 합격이라니!!!

의지가 활활 타올랐다. 다른 곳에서 다 떨어진 나를 이렇게 받아 주다니 기업에 애정이 솟구쳤다. 다음 단계는 인적성검사였다. 누구보다 열심히 준비할 자신이 생겼다. 집으로 돌아와 하루 종일 인적성검사 공부 책만 들여다보고 지냈다. 왠지 이 기업은 나의 운명이라는 생각이 들었다. 또 붙을 수 있을 것 같은 좋은 예감이 들었다.

축하합니다!

인적성 결과 발표날, 화면에서 또 한 번의 축하를 받았다. 이럴 수가! 점점 더 확고해졌다. 여기랑 나랑 맞나 봐! 기업마다 맞는 인재상이 다르다던데, 역시 나를 알아봐 주는 곳도 있었어! 날이 갈수록 아직 내 회사도 아닌 곳에 애사심이 넘쳐 흘렀다.

축하합니다!

내가 지원한 곳은 특수 서비스 직종이라 다른 직무와는 다르게 최종 면접 전에 이미지 면접을 봤는데, 여기서 또 합격한 것이 아닌가! 이제는 정말 할 만하다고 생각했다. 몇 명을 뽑을지는 모르지만, 최종까지 올라온 후보는 나를 포함 여덟 명이었다. 두 달 정도 걸친 여정에 이제 최종 관문만이 남았다. 최종 면접만 통과하면 이렇게 힘든 취업 준비생도 탈출이다! 기업 정보를 분석하고 면접 스터디 모임에도 참여하며 학교를 다니는 와중에 최선을 다해 대비했다.

솔직히 말하면 자신 있었다. 최종 면접까지 올라갔던 다른 면접자 일곱 명과 비교했을 때 흔히 말하는 객관적인 '스펙'으로도, 호텔에 관한 지식으로도, 다년간의 아르바이트로 습득한 서비스 마인드로도 결코 뒤처지지 않는다고 생각했다. 면접도 실수 없이 편안한 분위기에서 잘 마쳤다. 그러나 인생은 그렇게 쉽지 않았다.

탈락입니다.

최종 탈락의 충격은 꽤 컸다. 사실 기분이 나빴다. 과반수가 합격한 합격자 명단에 내가 없다니… 나만 없다니! '저는 사실 호텔에 관심도 별로 없고 잘 몰라요, 붙어도 갈지 안 갈지 모르겠고요… 하핫!'이라던 솔직해서 얄미운 면접자, 나보다 낮은 학점에 대답도 어눌했던 세상 답답한 면접자가 나를 제치고 떡하니 합격했다는 사실을 믿을 수 없었다. 딴에는 우등생 코스로 열심히 최후의 관문까지 발이 닳도록 뛰어왔는데, 내 앞으로 열등생으로 보였던 누군가가 킥보드를 타고 보란 듯이 '슝~' 하고 지나간 느낌이었다.

'내가 아니고 왜 저 사람들이지?'

자존심이 상했고 용납하기 어려웠다. 내가 왜 떨어진 거냐고 인사과에 따져 묻고 싶었다. 내가 얼마나 잘할 수 있는지, 면접관들이 얼마나 잘못된 선택을 한 건지 증명해 보이고 싶었다. 합격한 모두가 얼마 못 가 사직서를 던질 테니 두고 보라고 속으로 저주도 퍼부었다. 그러나 합격자는 합격할 만해서 합격한 것이고, 나는 떨어질 만해서 떨어진 것이었다. 차라리 재빨리 인정하고 다음 계획을 세우는 것이 현명했다.

평소의 나라면 아마도 그랬을 것이다. 그런데 충격적인 최종 탈락의 슬픔에 잠긴 나는 또 다른 모습을 하고 있었다. 나는 이번에도 역시나 나약했다. 아무도 비웃지 않았지만 괜히 혼자 창피했고 내내 우울했다.

사기가 떨어지자 욕심이 사라졌다. 욕심이 사라지니 할 일도 없었다. 원래는 앞을 내다보며 '해야 할 일'을 계획 세우던 나였는데, 사기도 욕심도 저하되니 스스로 정해 놓은 계획이 무슨 소용인가 싶었다. 시간은 많았다. 서류에서도 면접에서도 다 떨어져 더 이상 남은 일정이 없었고, 방학이라 학교에 갈 일도 없었다. 다니던 영어유치원 아르바이트를 제외하고는 당장 할 일이 없어진 것이다. 그렇게 하릴없이 며칠을 보냈다. 길을 가다가, 친구랑 수다를 떨다가, 잠들기 전에… 문득 아무렇지 않게 숨어 있던 억울함과 아쉬움이 터지는 것 외에는 나름 평탄했고 무료한 나날들이었다. 돌이켜보니 그 시간이 내겐 '쉼'이었다.

3장

뷰티 유튜버를 한다고?

내가
하고 싶은 일

취업에 실패하고 쉬는 시간을 가지게 되어서야 나는 온전히 나에 대해 생각해 볼 수 있었다. 절망에 빠져 있지만 조금만 다르게 생각하면 전화위복의 기회였다. 시간이 조금 지나고 보니 최종 면접에서 탈락한 것보다 더 슬픈 건 앞으로 어떻게 할지 모른다는 것이었다. 뭘 좋아하는지, 어떤 삶을 살아가고 싶은 건지… 나는 아무것도 알 수 없었다. 지금까지는 늘 할 일이 쌓여 있는 빡빡한 일정이 힘들었는데, 할 일 없는 삶이 주는 공허함은 그보다 더 힘들었다. 그러다 번뜩 떠오르는 친구가 한 명 있었다. 바로 '수'였다. 수는 써클렌즈를 끼거나 조명을 비추지 않아도 눈동자가 반짝거리는 대학교 친구였다.

수를 처음 만난 건 대학교 1학년 때였다. 수는 긴 흑발을 축 늘어뜨리고 강의실 책상에 엎드리다시피 한 자세로 기운 없는 표정, 화가 난 표정을 짓기 일쑤였다. 분위기 자체가 살짝 침침해서 '나랑은 어울리지 않는 어두운 애'라고 생각했었다.

한 학기가 지나고 우린 그럭저럭 잘 지냈다. 그런 수가 1학년 1학기가 끝나자마자 돌연 휴학계를 냈다. 보통 군 입대나 집안 문제로 휴학 신청을 하는 경우를 제외하고는 대학교 첫 학기만 다니고 바로 휴학해 버리는 경우는 드물었다. 적어도 내 주변에서 그런 식으로 학교를 잠시 그만둔 친구는 수뿐이었다. 왜 갑자기 휴학이냐는 질문에 수는 '그냥'이라고만 했다. 남모를 사연이라도 있는 건가 했다.

그렇게 1년이 지났다. 휴학을 마치고 돌아온 수의 얼굴은 그전과는 확연하게 달라져 있었다. 훨씬 생기가 돌고 의욕이 넘치는 느낌이랄까. 또 성격도 활발해지고 훨씬 더 단호해진 면이 있었다. 처음 만났을 때의 의욕 없는 모습과는 정반대로 수는 수업도 열심히 듣고 학회 활동도 열심히 하며 적극적인 학교생활을 꾸려 나갔다. 4학년 막학기 취업

전선에 뛰어들 때쯤 그녀는 누구보다 바쁜 동기 중 한 명이 되어 있었다. 쉴 틈 없는 일과로 늘 피곤하단 소릴 입에 달고 살았지만 오히려 눈빛만은 전보다 더 에너지 뿜뿜이었다.

"나는 가고 싶은 회사가 없는 것 같아 고민이야. 너는 뭐 하고 싶어?"

"나는 하고 싶은 게 있어. S전자에 가야 해!"

"뭐, S전자?"

수의 확고한 말투는 듣는 나까지도 긴장하게 만들었다. S전자 입사 및 MBA(경영대학원) 수료는 그녀의 최종적인 꿈인 창업을 위해 치밀하게 설계된 발판이었다. 시무룩하게 의욕 없어 보이던 수의 눈이 빛나게 된 건 그래서였나. 그게 바로 휴학 기간 동안 그녀가 꾸었던 확고한 꿈이었나. 나는 그 시점이 되어서야 여태껏 '내가 원하는 것'에 대해 제대로 고민한 적이 없다는 사실을 깨쳤는데, 그런 나에 비하면 수는 이미 한참 전부터 그 답을 찾았던 것 같다. 나는 수처럼 진로를 결정해 본 적이 없었다. 그렇다고 몇 달 전, 지원 동기도 없이 대충 과에 맞춰 지원서를 작성할 때처럼, 아무 곳에나 들어가고 싶지 않았다. 그길로 나는 치열한 고민에 빠졌다.

'도대체 내가 좋아하는 게 뭘까?'

취미를 떠올려 보고, 좋아하는 사람들을 떠올려 봤다. 어린 시절의 꿈도 떠올려 보고, 앞으로 배우고 싶은 것들도 떠올려 봤다. 어떤 일을 했을 때 가장 큰 성취감을 느끼는지 생각해 봤다. 생각은 꼬리에 꼬리를 물고 이어졌다. 치열하게 고민했지만 쉽게 답을 찾을 순 없었다. 왜 이런 생각을 대학교 다니면서는 진지하게 해 보지 않았지?

하루는 누워서 유튜브를 보다가 마주한 화면 속 예쁜 뷰티 유튜버 언니들을 보며 '이 언니는 어쩌다 뷰티 유튜버가 된 걸까?' '이 언니는 예쁘고, 유명하고, 화장도 잘하니 좋아하는 거 하면서 사는구나!' 하고 생각하게 됐다. 한창 미래에 대한 고민으로 머리가 빠질 시점이라, 그들의 일적인 생활에 대해서도 생각해 봤다. 본인이 나오는 영상을 만들면서 인기를 얻는 일, 자기 시간을 자율적으로 쓸 수 있는 일, 좋아하는 일을 하면서 돈도 벌 수 있는 일…!

헐, 진짜 좋은 직업이잖아?!!

문득 1인 미디어 크리에이터, 유튜버가 나쁘지 않은 직업으로 여겨졌다. 여러 콘텐츠가 있지만, 화장품과 관련된 일이라면 촬영도 메이크업도 좋아하는 나에게 정말 딱이지 않을까? 예전에 취미로 몇 번 시도해 봤던 편집이라는 작업도 너무 재미있어 보였다. 그렇게 꼬리를 물던 생각이 결론에 도달했다.

'나도 한번 해볼 수 있지 않을까?!'

내가 사랑하고

내가 사랑받을 수 있는 일!

나도 한번 해볼 수 있지 않을까?

도전,
또 한 번의 용기

나는 내 강점을 생각해 봤다. 대충 봐도 좋아하는 게 너무 많았다. 관심사는 많았지만, 그렇다고 푹 빠져서 몰두할 만한 한 가지는 없었다. 하나에 몰두해서 열정을 쏟아붓는 사람들이 신기하고 부러울 따름이었다. 그런데 이런 말이 떠올랐다. '열정은 잠깐 확 불타올랐다가 꺼지는 게 아니라, 작은 불씨이지만 꾸준히 이어온 무언가를 말하는 것'이라고… 앗, 그렇다면 유튜브는 내가 꾸준히 이어온, 내가 열정을 가지고 있는 많은 일을 활용할 수 있는 분야였다. 나는 유튜버가 될 나만의 자질과 강점이 있는지 곰곰이 따져 봤다.

✓ 많은 플랫폼 중에서도 줄곧 유튜브를 사랑해 왔다. 요즘과는 달리 스마트폰에 유튜브 앱이 기본으로 깔려 있지 않았던 시절부터, '크리에이터' '유튜버'라는 직업이 생소한 초창기 시절부터, 선망의 대상인 뷰티 유튜버 수가 얼마 없었을 때부터 나는 유튜브를 봐 왔다.

✓ 나는 원래 뷰티 블로거 활동을 하고 있었는데, 블로그에 미용, 생활 관련 각종 팁들을 꾸준히 포스팅하고 댓글로 소통하는 것이 좋았다. 무수익으로 4년을 꾸준히 해 왔으니 열정이 바로 이거 아닌가. 블로그와 유튜브는 다르지만 화장 팁들을 자세히 알리기에 동영상만큼 좋은 게 있을까?

✓ 어렸을 때 엄마 설거지 도와주기, 동생 과외해 주기 등 이른바 '가족 아르바이트' 비용과 용돈을 차곡차곡 모아 가장 먼저 샀던 물건이 바로 카메라였다! 그만큼 카메라를 좋아하며 항상 신형에 관심이 많다. 카메라는 언제나 내 보물 1호였다.

✓ 사진 찍는 것뿐만 아니라 동영상 촬영하는 것을 특히 좋아한다. 첫 카메라를 샀을 때 티브이 속 아나운서처럼 내 모습을 찍었

던 적이 있다. 내 얼굴이 화면에 나오는 게 신기해서 카메라에 내장된 단순 편집 기술을 익혀 가며, 마치 장난감 다루듯이 가지고 놀았다.

✓ 고등학생 때부터 화장을 잘한다는 칭찬을 들었고, 스스로 깨친 내 눈에 맞는 화장법에 자부심도 있었다. 친구들이 종종 제품을 추천해 달라고 하거나 화장 비법을 물을 때면 신나서 어깨에 힘이 빡 들어갔다.

✓ 주변에 조금이라도 선한 영향력을 끼칠 수 있다는 게 기뻤다. 주변 사람들이 예쁘게 변하고, 또 내게 고마워하는 모습에 큰 뿌듯함을 느꼈다. 내가 잘하거나 잘 아는 무언가를 사람들에게 알려 주는 게 뿌듯했다.

카메라는 항상 갖고 있던 상비 아이템이라 준비할 필요가 없었다. 학과 수업을 위해 대학교 1학년 때 마련한 노트북 그리고 실시간으로 반응을 확인하기 위한 스마트폰도 준비되어 있었다. 유튜버가 되기 위해 내게 필요한 건 오직 단 하나, 용기였다!

가장 고민했던 부분은 바로 얼굴을 노출하는 일이었다. 화장을 하지 않은 쌩얼(맨얼굴)부터, 확대하여 클로즈업된 장면에서는 모공 하나하나, 피부 트러블 하나하나, 평소에는 보이기 싫은 나의 못난 모습을 속속들이 모든 사람에게 노출해야 했다. 화장 후의 모습도 걱정이었다. 예쁜 외모는 시청자들을 끌 수 있는 부인할 수 없는 요소이다. 최대한 화면에 예쁘게 담기기 위해 나는 예쁜 척을 해야 했다. 전달력을 위해 부산 사투리가 간간이 섞인 말투도 서울말로 고쳤다. 서울말을 쓰며 예쁜 척하는 화면 속 나를 보고 있자니 오글거려서 토가 나올 지경이었다. 그건 그렇다 치고, 이런 영상을 장차 가족이나 친구들에게 보여 준다고 생각하니 정말로 손발이 오그라들어 도저히 용기가 나지 않았다. 초반에 홍보도 열심히 하고 구독도 부탁해야 할 텐데 관종 끼가 부족했다.

다른 뷰티 유튜버처럼 남들보다 특출나게 예쁜 얼굴이 아니었기에, 악성댓글에 대한 두려움도 있었다. 어린 시절 외모로 질타받은 기억이 되살아날 수도, 다른 유튜버와 비교하며 의기소침해질 수도 있다고 생각했다. 말발이 특출나서 재미있는 영상을 꾸릴 수도 없었고, 여러 신제품을 빨리 사용해 볼 수 있는 많은 돈도 없었다. 하지만 다행히도 도전해 보자는 의지가 이런 걱정들보다 힘이 셌다.

'그래도 일단 해보자. 용기는 별게 아니다. 그냥 한번 해보는 거다.'

초창기 영상 만들기는 정말 난제였다. 기본 촬영 3시간에 편집만 30시간은 족히 걸렸다. 촬영 중 가족을 맞닥뜨리는 민망한 상황을 피하기 위해 일단은 아무도 모르게 하기로 했다. 나만 아는 비밀작전을 펼쳤다. 하지만 가족들 몰래 집에서 촬영하기란 정말 어려운 일이었다. 10만 원이 넘어가는 조명은 나에게 너무 비쌌으므로, 낮 동안 촬영을 끝내야 했는데, 방문을 꼭 닫고 햇빛을 받으며 작업하기엔 내가 유튜브를 시작한 7월은 너무 더웠다. 카메라가 발열로 인해 10분마다 꺼졌고, 얼굴에는 땀이 주르륵 흘러내렸다. 네 명이나 되는 다른 가족들 일정에 맞춰 촬영 스케줄을 잡기도 어려웠다. 모두 외출하거나 잠든 시간에 맞춰 재빨리 끝내야 했다. 촬영하는 내 모습을 가족이 본다고 생각하면 너무 창피했다.

편집 기술은 인터넷에서 하나하나 찾아보며 익혔다. 배우는 과정은 즐거웠으나 내 의지력이나 활동량에 비하면, 대학교 1학년 때부터 5년간 사용해 온 노트북은 팍 늙어 있었다. 10분짜리 영상 편집을 겨우 끝내면 그 편집본을 추출해서 최종 영상 파일을 뽑아내는 데만 3시간이 넘게 걸렸다. 그 와중에 툭하면 멈추고 오류가 걸리는 경우도 빈번해서, 재추출을 하기라도 하는 날엔 하루 반나절은 꼬박 낭비했다.

그렇게 3일, 36시간을 투자를 통해 만들어 올린 영상에 수익은 한 푼도 없었다(수익 창출을 하려면 구독자 수, 조회수에 대한 일정 기준을 통과해야 한다). 하지만 나름대로 꾸준히 소소한 반응들이 올라오고 있어서 전혀 힘들지 않았다. 한밤중에 '띠링-' 하고 울리는 유튜브 알림이 내게는 활력소였다. 어쩌다가 구독자 숫자 1이 늘어나면 뛸 듯이 기뻤다. 점차 댓글이 더 많이 달리고 구독자 수가 늘어났

열정은 작은 불씨이지만
꾸준히 이어온 무언가를 말하는 것.

다. 사람들이 어떤 경로로 내 영상에 접근하게 되었는지, 그렇게 접근한 사람들이 얼마나 많은 비율로 구독 버튼을 누르는지, 영상을 몇 분 정도 시청하는지, 구독자의 연령대나 국가는 어떤지, 유튜브 통계 툴이 모두 말해 줬다. 꽤나 세부적으로 분석해 주는 보고서 역할이 놀라웠다. 영상을 몇 개 만들어 보니 확실해졌다. 촬영, 편집, 메이크업, 구독자와 소통하는 일이 너무 좋았다. 분석 툴을 참고해 새로운 영상을 기획하는 것도 재미있었다.

영상을 만드는 일은 속칭 노가다 같았다. 하지만 모든 일이 새롭고, 모든 일이 재미있었다. 블로그랑은 또 다른 매력이었다. 처음에는 내가 즐겨 봤던 유튜버들을 따라 '데일리 메이크업' 혹은 '컬러'를 키워드로 영상을 만들었다. 그러다가 처음으로 작정하고 스스로 영상을 기획해 보기로 했다.

나는 나름 경영학과 출신이다. 그래서 많지는 않지만 내 영상을 좋아해 주는 사용자들의 데이터를 개인적으로 분석해 봤다. 대부분 17-21세 친구들이었고, 댓글을 보면 나처럼 홑꺼풀인 친구들이 많았다. 17-21세면 학생이니까 학교에서 할 수 있는 간단한 화장법을 알고 싶어 할 것이고, 저렴한 제품을 선호할 것이라는 분석을 했다. 실제로 '무쌍'이나 저렴한 제품을 파는 '로드샵' 키워드를 통해 내 영상을 접한 시청자들이 구독으로 이어지는 경우가 많았다. 어린 친구들이니까 쉬운 설명이 필요하고, 흔히 접하는 어려운 전문지식보다는, 내가 실제로 했던 무쌍 메이크업을 알려 주면 도움이 될 것 같았다. 그렇게 '로드샵 제품으로 하는 학생 메이크업' 영상을 제작했다. 구독자 수요에 잘 맞았는지 영상은 당시 역대 최고 조회수와 구독자 수 상승을 불러일으켰다. 처음으로 머리를 써서 기획해 본 나의 노림수가 먹혔다는 사실에 아주 기뻤다.

두 가지 버전의 무쌍 메이크업을 다루는 〈무쌍 학생 메이크업〉 영상이 알려지면서 빠르게 구독자 수가 올랐다. 구독자가 3천 명 정도 됐을 무렵 '소속사'라는 곳에서 메일이 왔다.

✉ 최다빈 님, 안녕하세요. 영상 잘 보고 있습니다. 미팅을 통해 얘기를 한번 나눴으면 하는데요, 긍정적인 회신 기다리겠습니다.^^

마치 연예인 기획사처럼, 인터넷 스타인 유튜버들에게도 채널과 광고를 담당해 주는 기획사가 있다는 내용이었다. 당시 두세 곳의 기획사에서 거의 동시에 연락이 왔는데, 호기심에 나간 미팅에서 담당자를 통해 들은 내용은 정말 신세계였다. 구독자가 일정 수를 넘어가기 시작하면 수익 창출을 할 수 있는데, 그래 봤자 흔히 알고 있는 대로, 조회수 1회당 1원꼴로 정산됐다. 일주일에 조회수 5천도 찍기 어려운 내 영상으로 손에 잡히는 수익을 벌기란 언감생심이었다. 그런데 채널을 조금 더 키워서 업체 광고를 받게 되면 훨씬 더 많은 수익을 낼 수 있다는 것이다. 이름 있는 좋은 업체의 광고를 받아서 유튜버에게 전달해 주는 게 바로 그들 MCN(Multi Channel Network)의 역할이라고 했다. 미팅하는 곳마다 모두 비슷한 말을 하는 걸 보니 사기는 아닌 것 같은데… 그들은 내 채널의 긍정적인 성장 가능성에 대해서도 빼놓지 않고 어필해 내 마음을 완전히 흔들어 놓았다.

"다빈 님, 지금 진짜 잘하시고 계신 거예요. 제 생각에 앞으로 만 명은 물론 이후로도 쭉쭉 성장세가 예상됩니다!"

무쌍인들의 호응을 얻다!

내 귀가 이렇게 얇았던가? 엠씨엔 미팅을 통해 들은 놀라운 수입 이야기들, 그리고 내 채널이 조금만 더 열심히 하면 쭉쭉 성장할 수 있을 거라는 그들의 속삭임은 나를 한껏 들뜨게 만들었다.

'아니, 이렇게 재미있는 일을 하면서 돈까지 벌 수 있다고요?'

그렇게 용기와 욕심이 증폭됐다. 그리고 그것들은 나를 열심히 움직이게 하는 동력이 되었다. 〈무쌍 학생 메이크업〉 이후 몇 차례 꾸준히 메이크업 영상을 업로드한 뒤, 또

한 번 작정하고 만들어 본 영상은 〈초보자 아이라인 그리는 법〉이었다. 내가 메이크업에 관심을 갖기 시작하면서 가장 어려워했던 부분이 바로 아이라인이었기 때문에 홑꺼풀을 가진 화장 초보자 입장에서 도움이 될 만한 영상이라고 생각했다.

영상을 통한 설명이기 때문에 전달력이 무엇보다 중요할 것 같았다. 즉흥적으로 촬영하다 보면 같은 단어의 반복, 실수, 말더듬기 등이 생기기 때문에 처음으로 대본을 짜 보기로 했다. 먼저 지금까지 여러 번 시행착오를 겪으면서 터득했던 노하우를 나열하고, 주제의 순서와 강조할 점을 정리했다. 미리 대본을 짜 놓으니 횡설수설할 일이 없었다. 영상 구성이 깔끔해진 것은 물론이고, 전달하고 싶은 이야기를 빠짐없이 할 수 있었다. 편집도 미리 생각한 콘셉트대로 술술 할 수 있었고, 완성된 영상도 만족스러웠다.

그렇게 나의 실제 경험을 토대로 만들어진 〈초보자 아이라인 그리는 법〉의 반응은 지난번 〈무쌍 학생 메이크업〉보다도 더 좋았다. 그동안 즐비했던 '귀엽다' '예쁘다'라는 칭찬을 넘어, '친절하다' '알아듣기 쉽게 설명을 잘한다'

라는 반응까지 얻을 수 있었다. 굉장히 뿌듯했다. 특히 내가 영상에서 줄곧 강조했던 "보기만 하지 말고 연습&실천하세요!"라는 말을 지켜 준 구독자들로부터 '연습했더니 감이 오는 것 같아요!' '늘 보기만 했는데 이번에는 직접 그려 봤어요!' '드디어 마음에 드는 라인을 그릴 수 있게 됐어요!'라는 댓글이 달릴 때마다, 영상 속 내 말이 시청자들에게 효과적으로 들린다는 사실이 신기했다.

외모나 설명에 관한 칭찬도 모두 좋았지만, 가장 힘이 나는 댓글은 단연 '덕분에 무쌍인 제 눈을 사랑하게 되었어요' '자신감을 찾았어요'라는 말들이었다. 당시 내 콘텐츠가 빛을 발할 수 있었던 건 운이 좋게도 국내 유튜브 시장에 유명한 홑꺼풀 유튜버가 많이 없었기 때문이라고 생각한다. 내가 가진 자연미 있는 무쌍꺼풀 눈으로 무쌍꺼풀 사람들에게 도움을 넘어 희망을 줄 수 있다는 게 너무 행복했다.

"무쌍인들 기죽지 마세요! 우리는 우리 자체로 예뻐요!"

지금은 많이 나아졌지만 우리 사회에는 아직도 절대적

내가 가진 자연미 있는

무쌍꺼풀 눈으로 사람들에게

희망을 줄 수 있었다니!

인 외모 평가 기준이 남아 있다. 자신의 외모에 대해 불만족스러워 하는 건 정말 슬픈 일이다. 이런저런 비교와 평가를 통해 남겨진 상처가 내 도움으로 조금이라도 치유가 된다면, 그걸로 나는 내 존재 의미를 인정받는 기분이었다. 어렸을 때는 눈두덩이에 파묻힌 내 작은 눈이 미웠고, 입시가 끝났을 땐 엄마가 쌍꺼풀수술을 해 준다던 약속을 지키지 않아 야속함이 컸는데, 이제는 조금의 사명감이 생겼달까. 무쌍 콘텐츠는 내 눈이기 때문에, 오직 내 눈이어서 가능한 일이었다.

나는 처음으로 모든 일을 오직 내 의지로만 해내고 있었다. 하루하루 성장하는 즐거움, 감사 인사 메시지를 받을 때의 뿌듯함, 좋아하는 일을 나쁘지 않게 하고 있다는 믿음은 맛본 적 없었던 새로운 행복이었다. 연애를 시작할 때처럼, 어쩌면 그보다 더 설레는 감정으로 가득한 하루하루였다.

일주일에 겨우 15분 남짓의 영상 하나를 만들 뿐이었지만 수고로움은 학생 시절 벼락치기 공부 못지않았다. 말을 듣지 않는 늙은 컴퓨터 때문에 애를 먹었고, 물어볼 사람

하나 없이 모든 것을 일일이 독학해 나가기란 쉽지 않았다. 그럼에도 힘들다고 생각한 적은 한 번도 없었다. 자발적으로 새벽까지 편집 기술을 익혔고, 재촬영을 두세 차례 거듭해도 귀찮은지 몰랐다. 여러 번 촬영한 영상들로 마음에 드는 결과물을 냈을 때의 성취감은 이루 말할 수 없었다. 유튜버는 내 천직이 틀림없었다!

한편 취업 걱정을 아예 떨쳐버릴 순 없었다. 만약 어쭙잖게 유튜브를 하다가 실패 후 다시 취준생의 길로 돌아서게 되면 어쩌지? 취업은 어릴수록 유리하다는 말, 졸업 후 공백기가 길면 기업에서 안 좋게 본다는 말, 곧 유효기간 2년이 지나 만료 예정인 각종 자격증… 포기하는 것들이 이렇게나 많은데, 유튜버로 밥은 먹고살 수 있을까? 친구들은 여느 때보다 더 치열하게 취업 준비를 하고 있었다. 그런 모습을 볼 때마다 조급함이 강해졌다.

그러나 인생은 취사선택! 때론 이 선택 과정에서 얻는 게 있으면 잃는 게 있는 법이다. 취업은 지금이 아니어도 괜찮았다. 조금은 불리할 순 있지만 언제고 할 수 있다. 그렇지만 유튜버는 아니다. 물 들어올 때 노 저으라고, 운을 잘 타서 채널이 쑥쑥 성장하는 지금, 내가 느끼는 이 재미와 성취감을 인생에서 다시 찾을 수 있을까? 답은 '노(No)!'였다. 그렇게 나는 유튜브에 집중하기로 했다.

네가
뷰티 유튜버라고?

이제는 때가 됐다. 나는 내 선택을 본격적으로 실행하기 위해 사랑하는 사람들의 지지가 필요했다. 계속 비밀리에 이 모든 걸 하기에는 제약이 너무 많기도 했다.

몇 년 전만 해도 크리에이터나 유튜버라는 직업은 흔하지 않았다. 당연히 인정받지도 못했다. 우리 부모님은 꽤나 보수적인 편이셨고, 나의 취업 상황에 대해 예민하셨다. 최종 면접에서 탈락의 고배를 마신 슬픔이 채 가시기도 전에 엄마는 내가 가만히 누워 있기라도 하면 지나가는 말로 하반기 취업 준비를 다시 해야 하지 않냐는 기대를 내비치셨다. 그도 그럴 것이 부모님 시선에서 나는 대학교 생활을 열심히 해 온 모범생이었다. 걱정 안 시키고 말 잘 듣는 둘째 딸, 자발적으로 여러 가지 경험을 해 왔고, 공모전 경험, 높은 어학 점수, 각종 자격증과 남부럽지 않은 학점이 있으니 들으면 누구나 알 만한 회사에 무난하게 알아서 취업할 수 있으리라고 기대하셨을 것이다. 더군다나 평소에 말도 많지 않고 나대지 않는 딸 성격에 유튜버라니, 아마 상상도 하지 못하셨겠지!

"그게 무슨 말이고!? 그게 뭔데?"

내 채널을 보여 주며 취업 준비를 관두고 제대로 한번 유튜버를 해볼 작정이라고 조심스럽게 입을 떼자 듣고 있던 가족 모두가 놀랐다. 아빠는 크리에이터 산업에 아예 무지하셨고, 엄마는 전혀 이해하지 못하셨다.

"그렇다고 회사를 포기하면 안 되지……."

회사에 들어가는 걸 포기하는 게 아니라 유튜버에 도전하려는 건데… 부모님은 요즘같이 어려운 상황에, 지금 당장 취업 준비를 해도 모자랄 판에, 도대체 화장 놀이가 웬

말이며, 여태까지 한 대학 공부가 아깝다고 속상해하셨다. 그리고 똑같은 질문만 세 번을 하셨다.

"그러니까… 취업 준비하면서 한다는 말이지?"

부모님은 유튜브를 그냥 취미생활 정도로 여기셨다. 인생은 선택과 집중! 놀 땐 놀고 공부(일)할 땐 그것만 하는 게 내 인생살이 원칙이었다. 한곳에 온정신을 쏟아야 최대로 효율을 끌어올릴 수 있는데, 병행한다면 취업 준비도 유튜브도 이도 저도 아니게 될 게 뻔하다고 말씀드리자 부모님은 더 이상 말씀이 없으셨다. 그리고 더는 통하지 않을 거라 생각하셨는지 방법을 바꾸셨다.

"그럼, 너 알아서 하고… 이제 졸업하면 사회인이니, 다음 달부터 다달이 생활비 30만 원씩 내라!"

윽, 그건 치명타였다! 이건 협박이다. 영어유치원 아르바이트로 월 40만 원도 못 버는 나에게 턱도 없는 일이었다. 딸이 겨우 찾은 일이라는데 그냥 믿고 응원해 주실 수는 없는지 야속한 마음이 들었다. 자칫하면 아르바이트로 시간과 체력을 소모해야 할 판이었다. 그렇다고 애써 찾은 꿈꾸던 일을 포기할 수는 없었다. 결국 한참의 실랑이 끝에 '모든 걸 알아서 하는 조건으로 1년만 잔소리 없이 지켜봐 주기, 당장은 어려우니 생활비는 3개월 후부터 내기'로 합의를 보면서 그날 대화는 마무리됐다.

얼마 지나지 않아 추석이 돌아왔다. 우리는 친척들을 뵙기 위해 고향인 부산으로 내려갔다. 외가에 도착했을 때 친척들은 이미 모두 모여 있었다. 여느 때와 다름없이 집 안이 시끌벅적했다.

"느그들 왔나~?"

친척들은 언제나 그렇듯 친근한 부산 사투리로 우리를 반겨 주셨다. 그러나 그것도 잠시, 이모는 나를 보시곤 안타까움 섞인 목소리로 나를 불러세우셨다.

"다빈아~ 니 와그라노! 에이, 참……."

이모는 이렇게 한마디를 내게 남기고 한창이던 저녁 준비를 하러 가셨다. 나는 영문도 모른 채 있다가 저녁 밥상에서 그 말의 진의를 알 수 있었다.

"다빈이~ 니 유튜븐지 뭔지 한다꼬~?"

"네?!"

"아이고~ 잘나가다가 왜 갑자기 말을 안 듣노~!"

이모들이 엄마를 통해 내가 유튜브 시작했다는 사실을 들으신 모양이었다. 엄마의 못마땅함이 이모들에게도 전해진 건지, 다들 나를 보며 왜 갑자기 엇나갔냐며 혀를 차셨다.

유튜브를 시작한 것이 왜 말을 안 듣는 일이 된 걸까. 내가 뭐 잘못했나? 유튜브가 이렇게까지 이상한 선택인 걸까? 내가 주위 사람을 속상하게 만들고 있다니… 계속되는 이모들의 잔소리에 서글픈 감정이 들었다. 설득이고 자시고, 눈에 보이는 성과가 없었기에 더 답답한 마음이었다. 어른들은 당연히 잘 이해하지 못하는 부분이라고, 걱정으로 하는 말이라고 생각해도, 좋아하는 일을 마음잡고 시작해 보려는데 가족들의 응원이 없다는 생각이 들자 퍽 쓸쓸했다. 그렇지만 아마도 내 성장의 원동력은 오기이지 싶다. 까짓거, 또 해 보이면 된다. 아자!

그해 추석은 열흘이 연달아 이어져 있는 황금연휴였고, 때마침 내 채널은 유튜브 자동 추천 기능에서 띄워 주는 상승세를 탔다. 운 좋게도 연휴 내내 조회수가 폭발했다. 인터넷 페이지를 새로고침 할 때마다 구독자 수가 오르는 경험은 특별했다. 입꼬리가 내내 내려갈 생각을 안 했다. 10일 만에 채널 구독자가 만 명이 넘게 늘었다. 가족들에게 각오를 전할 때쯤 7천 명에 가까웠던 구독자 수가 단숨에 2만 명을 돌파했다. 1만 명 기념으로 준비한 〈질문과 답변〉 영상을 올릴 시점에 이미 구독자는 2만 5천 명을 향해 가고 있었다.

추석 때 탄력을 받은 건지 연휴가 끝나고도 상승세는 여전했다. 가족들로 인해 생긴 책임감과 오기, 그리고 꾸준히 이어지는 구독자들의 열렬한 반응은 성장 동력이 되어 주기에 충분했다. 영상 촬영 및 편집 업무에 대해 대충 감도 잡혔을 시점이었다. '다음에는 어떤 콘텐츠를 만들어 볼까?' 하는 고민으로 머릿속이 자유로울 날이 없었지만, 콘텐츠 고민은 나에게 숙제보다는 기대감에 가까웠다. 새로 만들어 낸 콘텐츠가 또 좋은 반응을 일으켜서 채널을 쑥쑥 크게 만들어 주지 않을까 하는 기대였다. 이렇게 나는 전업 유튜버로서의 첫걸음을 뗐다.

이 시기 나는 유튜브 운영과 동시에 당장 몇 개월 뒤부터 시작되는 생활비 독촉에 대비해야 했다. 그래서 부담 없이 용돈벌이로 하던 영어유치원 아르바이트를 그만두고, 중·고등학생을 대상으로 입시를 준비하는 영어학원에 보조 선생님으로 일하게 됐다. 근무시간은 영어유치원보다 길고, 영어 난도는 더 높지만, 그전보다 시급이 훨씬 높아 월 100만 원 가까이 벌 수 있었다. 생활비는 물론이고 잘만 아끼면 고화질 촬영이 가능한 장비와 소품 그리고 신상 화장품도 사들일 수 있었다. 당시 내가 할 수 있는 가장 적당한 일자리였다.

그런데 웬일, 알고 보니 학원 아르바이트는 소위 말하는 '꿀알바'였다. 원장 선생님은 나를 많이 배려해 주셨다. 어려운 업무를 거의 맡기지 않으셨고, 일이 일찍 끝나면 눈치 볼 필요 없이 내 일을 하며 시간을 보낼 수 있었다. 학생들도 착해서 나는 가벼운 마음으로 일을 할 수 있었다.

그러던 어느 날, 학원 일에 어느 정도 적응했을 무렵이었다. 원장 선생님이 의미심장한 얼굴로 업무실 문을 두드렸다.

"빈 쌤, 물어볼 게 있는데요……."
"네, 물어보세요!"
"혹시… 빈 쌤 유튜브 하세요…?"

그때까지 가족 외에는 아무에게도 유튜브를 한다고 밝힌 적이 없었다. 가끔 우연히 내 채널을 발견하고 '다빈아 잘 보고 있어~' 하는 친구들이 있긴 했어도 가깝지 않은 사람으로부터 유튜버라는 직업을 들킨 일은 처음이었다. 너무 당황스럽고 부끄러웠다. 영상에서의 내 모습은 혼자 조잘조잘 잘 떠드는 외향적인 성격으로 보일지 몰라도, 실제로 나는 아르바이트를 하며 정말 조용히 지냈기 때문이다. 평소 이런 이미지를 가진 사람이 유튜브 영상에서 예쁜 척하면서 발랄하게 떠드는 모습을 본다면 모두가 이상하게 생각할 것 같았다. '얌전한 고양이가 부뚜막에 먼저 올라간다'라는 말처럼 보일 것 같았다. 더구나 영상에는 평소 사람들이 보기 힘든 나의 민낯과 풀메이크업으로 과장된 모습까지 샅샅이 공개될 텐데, 원장 선생님과 학생들이 그 모습을 모두 볼 것이라고 생각하니 벌거숭이가 된 듯이 너무 민망했다.

"어제 고등부 애들이 그렇게 얘기하던데요? 보면 볼수록 빈 쌤 맞는 것 같다고요."

이미 들킨 게 분명했다. 멋쩍은 웃음으로 어물쩍 수긍하긴 했지만, 처음으로 느껴 보는 아주 찝찝한 기분이었다. 빈정이 상한 건 아닌데 그렇다고 마냥 "네! 제가 바로 그 '무쌍이다빈'입니다! 하하하"라고 당당하게 나갈 순 없는 느낌, 껄끄러운 기분이라고 해야겠다.

진실은 급속도로 퍼져나갔다. 학원에 오는 모든 아이들

이 내가 유튜버라는 사실을 알게 됐다. 아이들은 괜히 호기심에 나를 힐끗 쳐다보기도 하고, 유튜버는 어떻게 되는 거냐며 날 찾아와 대놓고 물어보기도 했다. 한번은 초등학생 친구가 함께 셀카를 찍자고 요청하더니 그다음 번에는 "선생님! 애들한테 자랑했더니 인증하래서 사진으로 인증했어요!"라는 귀여운 자랑도 늘어놓았다. 지나가다가 "우와!" 하는 외마디 탄성만 남기고 가는 친구들도 있었다. 내가 무슨 연예인도 아니고… 참으로 민망했다. 처음 마주하는 불편한 상황이었다.

'앞으로 더 유명해지려면 내가 적응해야 하는 부분이야. 받아들여 보자.'

이런 다짐도 잠시, 마음속의 껄끄러움은 쉽게 사라지지 않았다. 학원 사람들이 '무쌍이다빈'으로서의 내 정체성을 인정해 주고 좋아해 주는 건 너무 감사했으나, 감사함과 불편함은 별개였다.

'행여나 여기서 실수라도 했다가 안 좋은 소문이라도 퍼지면 어쩌지?'

일이 일어날 껀덕지도 없는 시점부터 걱정이 시작됐다. 의도한 것은 아니었지만, 이런 생각이 드니 자연스럽게 평소보다 행실을 더 조심하게 되고, 말도 신경 써서 하게 됐다. 겉모습도 마냥 편하게 하고 다닐 수 없었다. 연예인도 아닌데… 괜히 혼자 생각이 많아져서 아르바이트하는 와중에도 유튜버로서의 이미지를 챙기고 있었다. 아무도 의도하지 않은 부담감에 혼자 억눌려 있었다. 그렇게 아르바이트 자리가 점점 불편해지고, 나는 결국 아르바이트를 관두게 됐다.

새로 떠오르는 직업을 가진 업보로

나는 모든 고민을 혼자 감수해야 했다.

슬럼프 1

유튜브 계속해도 되는 걸까?

아무리 혼자 일한다지만, 낯가림과 부끄러움이 많은 성격은 유튜버라는 직업에 큰 걸림돌이었다. 구독자분들과는 매체를 통해 이미지나 영상으로 꾸준히 소통하면 된다. 하지만 밖에서 대놓고 예쁜 척을 하며 사진을 찍고 다니는 일, 카메라를 향해 말을 걸면서 당당하게 영상을 찍는 일은 소심한 나에게 어려운 일이었다. 그런 튀는 행동들을 시도할 때마다, 나를 주목하는 사람들의 시선이 괜히 불편했다. 나를 의식하는 사람은 사실 몇 되지도 않을 텐데, 진짜 혼자 난리였다.

채널이 커질수록 '나'라는 캐릭터도 점점 더 유명해졌다.

길거리에서 나를 알아봐 주는 구독자들이 하나둘 생겨난 후부터, 나는 언제 어디서든 나를 알아보는 사람이 있지 않을까 하는 착각에 사로잡혔다. 버스나 식당에서 나를 대놓고 구경하는 사람들도 있었고, 친구랑 곁눈질을 주고받는 사람들도 있었다. 가끔은 실제로 마주친 적은 없는데 뜬금없이 '언니! 오늘 ○○동에서 언니 봤어요! 언니 맞죠?!' 하는 댓글도 달렸다. 언제, 어디서, 누가, 실제로 나를 알아본 건지 아닌지 알 길이 없으니, 나는 그냥 어디서나 조심해야겠다는 생각에 시달렸다. 조그만 행동도 오해를 살 수 있다는 사실, 그리고 그런 오해들이 눈덩이처럼 부풀려지는 경우가 많다는 걸 이미 아는 탓이었다.

혼자 일하는 특성상 같은 직군의 사람들을 만나는 일이 거의 없었다. 조언을 얻을 믿을 만한 크리에이터 선배도, 고민을 나눌 정도로 편한 크리에이터 친구들도 없었다.

"좋아하는 일 잘하고 있으면서 배부른 소리 하지 마~!"

친구들은 내가 조심스럽게 고민을 털어놓아도 연예인 병이니 배부른 소리니 장난스러운 대꾸만 할 뿐이었다.

악성댓글에는 어떻게 대처하는 게 좋은지, 광고비나 세금 관련해서는 무엇을 기준 삼아야 하는지, 번역비가 너무 비싼데 그냥 투자라고 생각해야 하는 건지, 길에서 팬들을 만나면 어떤 식으로 반기며 인사해야 하는 건지… 나는 아직 모르는 게 너무 많은데 내가 아는 사람 중에 내 분야에 대해 가장 잘 아는 사람은 나밖에 없었다. 새로 떠오르는 직업을 가진 업보로 나는 일에 관련된 모든 고민을 혼자 감수해야 했다.

기획, 촬영, 편집, 댓글 소통과 데이터 분석, 메일 업무와 돈 관리까지… 채널이 클수록 해야 할 일이 더 많아졌다. 구독자 숫자가 많아질수록 채널에 대한 부담감과 책임감도 함께 따랐다. 아무도 위에서 감시나 감독해 주지 않았고 아무도 아래에서 자잘한 일들을 도와 주지 않았다. 직접적인 꾸지람도 파이팅도 없었다. 유튜브 운영은 처음부터 끝까지 쭉 나의 고군분투였다. 나를 채찍질하는 것도, 나에게 적당한 보상을 내리는 것도 모두 나 자신의 일이었다. 자꾸만 쉬고 싶어 하는 내 몸뚱이를 독촉하기 위해 나는 스스로 최소한의 규칙을 세웠다. 일주일에 한 편 이상은 업로드하기, 최신 영상의 구독자 댓글에 모두 반응하기였다.

구독자와의 신뢰 그리고 유튜브 알고리즘의 선택을 받기 위한 성실함은 생명과 같았다. 내가 게으르게 굴거나 아프기라도 하면, 혹은 꼼꼼하지 못해서 실수라도 하게 된다면, 그 책임은 오롯이 나 혼자만의 몫이었다.

인지도가 생겨 생활에 불편함이 생긴다는 것, 모든 걸 혼자 해내고 혼자 책임진다는 것, 이 모든 걸 뛰어넘는 가장 큰 힘든 점은 바로 '불확실성'이었다. 유튜버의 가장 큰 직업적 특징은 불확실성이다. 성과도 수입도 모두 예측불허이다. 시작하고 한참 지나고 나서야 알게 된 사실인데, 초창기에 작정하고 만든 영상이 예상대로 뜰 수 있었던 건 순전히 운이 작용한 덕이었다. 그 후 영상을 제작할 때마다 훨씬 더 많은 시간과 공을 들였지만 결과는 예상 밖일 때도 많았다. 1을 투여했는데 10이 나올 때도 있었고, 10을 투여해도 1이 나올 때도 있었다. 대부분의 경우는 후자였다. 내가 바라는 최소한의 반응도 나올까 말까였다.

내가 〈무쌍이다빈〉을 운영하는 궁극적인 목표는 '나로

인해 쌍꺼풀 없는 화장 초보들이 자신감을 가지고 성장할 수 있고, 그것을 통해 나만의 존재 의미를 찾는 것'이었다. 그만큼 나는 내가 영향을 미칠 수 있는 시청자들의 의견을 매우 중요하게 생각했다. 그래서 영상 아래에 달리는 댓글을 모두 참고하는 편이었는데, 채널이 성장할수록 문제가 생겼다. 시청자가 많아질수록 의견도 판이해진 것이다.

"영상이 너무 긴 것 같아요 조금 더 줄여서 핵심만 말해 주세요."

"영상이 짧아서 아쉬워요 조금 더 길게 보고 싶어요. 설명도 더 자세하게 부탁드려요~"

핵심 위주의 짧은 영상을 요청하는 댓글이 있는가 하면, 길고 자세한 영상을 원하는 의견도 있었다. 영상의 길이 외에도 말투, 색감, 주제, 콘셉트, 소리 높낮이 등 정말 세세한 부분에서 개인의 취향이 너무 다양하게 갈렸다. '유튜버란 자고로 소통으로 먹고사는 삶! 초심을 잃지 말고 시청자들의 피드백을 겸허하게 받아들여야지!'라던 생각은 시간이 지날수록 희미해졌다. 댓글로 굳이 의견을 남기지 않는 시청자들도 많을 텐데, 과연 댓글만 참고해서 영상을 만들고 고쳐 나가는 게 맞을까? 반대 의견에는 어떻게 반응해야 하는가. 상사도 직원도 없는 내게 영상에 관한 타인의 평가를 듣는 일은 오직 시청자 의견을 통해서만 가능했다. 그만큼 댓글이 나에게 미치는 영향이 컸기에, 시청자는 별생각 없이 남겼을지라도 나에게는 모두 강렬한 인상으로 남았다. 각자가 좋아하는 콘셉트가 다르고, 사용해 주길 바라는 제품들도 달랐다. 요구사항은 계속 쏟아졌다. 다양한 시도를 해 봤지만 혼자서 모든 사람의 입맛을 맞추기란 애초부터 불가능한 일이었다. 나는 결국 역부족인 나를 자책하게 됐다.

수입도 고민이었다. 구독자 수 10만도 안 되는 뷰티 유튜버에게는 사실 좋은 광고 건수가 많이 없다. 들어오는 광고라도 열심히 해야 그나마 벌이를 조금 할 수 있는데, 광고가 일자를 정해 놓고 따박따박 들어오는 게 아니라 나는 항상 기다리는 입장이었다. 언제 어떤 식의 광고가 들어올지 몰라 늘 염두에 두고 영상을 대비해 놓기도 했다. 당연히 다달이 수입을 예측하기 어려워서 돈 관리에도 어려움을 겪었다.

광고를 진행하게 되더라도 순탄하지 않았다. 영향력이 크지 않은 상태에서 크리에이터는 광고주에게 을의 입장일 수밖에 없다. 최대한 원하는 방향으로 맞춰 광고 영상을 만들어도, 광고주가 끝에 가서 말을 바꾸거나 업로드 일자가 다 되어서 무리한 수정을 요구하면 시간이 급박하든 말든 대대적인 수정이 불가피하다. 내부적으로 검토가 늦어진다는 이유로 동영상 업로드를 미뤄 달라고 요청하기도 했는데, 그렇게 갑작스럽게 예정된 주에 펑크가 나면 그 손해는 오로지 내 책임이었다.

유튜버로서의 경험이 쌓일수록, 숨어 있던 불편한 점들이 스멀스멀 모습을 드러냈다. 앞서 말했지만, 구독자 반응이나 광고 수익 같은 것보다 나를 더 괴롭혔던 건 불확실성이었다. 주춤주춤하는 성장 때문에 더욱더 걱정이 컸다. 내 일의 성과는 조회수, 구독자 수, 좋아요 수 등 수치로 정확하게 표현된다. 실시간으로 업데이트되며, 만인이 자유롭게 확인할 수 있다. 내가 잘하는지 못하는지 누구나 알 수 있었고, 그중 데이터를 가장 빠삭하게 알고 있는 사람은 단연 나였다. 실시간으로 정확하게 집계되는 숫자들은 나에게 두려운 존재였다.

'열심히 만든 영상인데 이번에도 잘 안 나오면 어쩌지…?'

걱정이 현실이 되었을 때의 우울함과 허탈감, 그게 힘들어서 영상을 올린 당일에는 일부러 댓글과 조회수를 확인하지 않는 버릇도 생겼다. 걱정한 만큼 결과가 나오지 않으면 일주일을 고생해서 만든 영상이 쳐다보기도 싫을 만큼 미워지고 당장이라도 영상을 삭제해 버리고 싶은 마음까지 들었다. 정작 그 영상에 달린 댓글은 나를 사랑해 주는 사람들의 다정한 말인데도 말이다. 수치에 집착하면 안 되는 건데 말이다.

나의 성장 이력을 구독자 수로 대략 말해 보자면, 구독자 수 몇천부터 2만까지는 추석 연휴의 힘을 빌어 제법 수월하게 올라갔다. 2만-4만까지는 조금 힘들었지만 그래도 꾸준한 성장세를 탔다. 그러나 4만-5만 명이 되는 구간은 어려웠다. 여기서 잠깐의 정체기를 맛보게 된다. 다양한 콘셉트와 실력적으로도 발전된 영상을 꾸준히 올렸지만 조회수와 구독자 수는 마음만큼 따라와 주지 않았다. 그러다 갑자기 예상 못한 영상이 빵 떠서 7만까지 급성장을 이루고는 7만-8만 구간에서 또 길고 긴 정체기가 시작됐다.

정체기 구간이 반복될수록 멘탈이 너덜너덜해졌다. 이렇게까지 열심히 해도 잘 안 되는데, 취업 준비를 하지 않고 유튜브에 계속 매달리는 게 맞는 일일까? 지금이라도 관두고 공부나 다시 해볼까? 더 늦어지면 취업조차 힘들어질 텐데… 불확실함은 갈수록 불안함을 가중시켰다.

그 후 나는 다른 유튜브 채널들을 들락날락하기 시작했다. 더 이상은 유튜브 영상을 취미로 즐기지 못했다. 유튜브 시청자 입장이 되어 다른 유튜버의 영상을 볼 때도, 영상을 콘텐츠로 소비하지 않고 어떤 부분을 어떤 식으로 표현했는지, 무슨 음악을 쓰고 댓글 관리는 어떻게 하는지, 영상 업로드의 주기와 평균 조회수는 어떻게 되는지 분석하기 시작했다. 나보다 잘하고 있는 다른 사람의 성과를 분석하는 일은 상당히 힘든 일이었다. 그들은 당연하게도 나보다 질 좋은 콘텐츠에 훨씬 높은 조회수를 기록하고 있었다. 이런 콘텐츠가 요즘 인기인가? 좋아하는 유튜버들을 모방해서 비슷한 느낌의 영상을 만들어 보기도 했지만 내가 만들었을 때는 그 느낌이 나오지 않을뿐더러 반응도 그다지 좋지 못했다. 비교를 하면 할수록 나는 점점 더 주눅 들었다. 주눅 들수록 공부한다는 명목하에 또다시 찾아보며 비교를 했고, 따라 하다가 또 힘이 빠져 우울한 나날의 연속이었다.

그런 나를 구제해 준 건 꾸준히 예쁜 메시지를 보내오는 팬들이었다. 있는 그대로 무쌍으로서의 매력을 알게 해 준 건 나밖에 없다고, 잘하고 있으니 지금껏 만들어 온 나의 정체성을 잃어버리지 말아 달라고 말이다. 나의 방황이 콘텐츠에서 느껴졌던 것일까. 내 마음을 알아주는 팬들의 애정 어린 메시지는 다시금 감사하게 마음을 다잡는 계기가 됐다.

그동안 소위 말하는 '잘 나가는' 분들의 영상만 참고하면서 스스로의 기준이 너무 높아졌던 건 아닐까 하는 생각이 들었다. 조회수가 큰 폭으로 뛰지 않아도, 성장세가 엄청나지 않아도, 분명히 나는 '무쌍이다빈'으로서 나만의 정체성을 확실하게 가지고 있었다. 꾸준히 성장하는 내 채널을 보며, 처음에는 먼발치에서 지켜보기만 하던 주변 사람들이 "와!" 하며 다가왔다. 이런저런 모임에 얼굴을 보

비교를 하면 할수록

나는 점점 더 주눅 들고 우울해졌다.

일 때마다 "그저 소심하고 조용한 애인 줄 알았는데, 이렇게까지 혼자 잘하다니 의외네!"라는 소리가 들렸다. 사람들이 하나둘 다른 눈으로 나를 보는 게 느껴졌다. "설마 되겠어?"라던 가족들도 서서히 나를 인정해 주기 시작했다. 아무도 나에게 못한다고 뭐라 한 적이 없었다. 나를 가장 믿어야 할 내가 나를 믿지 못하고 채찍질하며 옭아매고 있었다. 순간 턱없는 욕심을 부린 스스로가 너무 부끄러워지면서 각성이 되기 시작했다. 마음을 고쳐먹자 욕심을 덜어내고 조금 더 편하게 일에 임할 수 있었다. 주변의 인정과 더불어 새롭게 느낀 구독자들에 대한 책임감과 감사함, 그리고 영상 제작의 여전한 즐거움은 유튜버를 그만둘 뻔한 우울한 슬럼프에서 나를 구조해 주었다.

슬럼프 2

정직하면 바보 되는 세상?

"띠리링-"

드디어 기다리고 기다리던 연락이 왔다! 나에게 광고 건을 얻어다 주는 유튜브 엠씨엔 담당자님 전화였다. 먹이를 물어다 주는 어미 새처럼, 광고 담당자님은 언제나 반가운 존재였다.

"다빈 님~ 이번 광고 건 진행 의사 있으신지 한번 여쭤 보려고요. 다빈 님이 평소에 컬러렌즈 많이 끼시잖아요? 그래서 렌즈 간접광고 진행하면 어떨까 해서요~"

"우와, 광고로 컬러렌즈를 해 보는 건 처음이에요! 한번

착용 먼저 해 보고 결정하고 싶은데, 제품 먼저 전달해 주시고 그 후에 진행 여부랑 일정 체크 부탁드릴게요."

평소처럼 광고 전 제품을 미리 받아 써 보려고 하는데 담당자님이 다시금 살짝 조심스럽게 말을 건네오셨다.

"저… 그런데 진행 전에 하나 말씀드릴 게 있는데요……."

"네, 말씀해 주세요!"

"이번 렌즈 광고는… 그, 광고 표기 없이 들어가야 할 것 같아요."

"네? 그게 무슨 말씀이세요?"

"그게… 일전에 진행해 오던 광고랑 달리 렌즈는 의료기기 쪽으로 들어가서 유튜브에서 광고임을 밝히고 진행하기 어려운 품목이라고 해요."

"……."

"표기 안 하면 광고 티 안 나니까 보는 입장에서도 불편하지 않고, 사실 다른 유튜버 분들도 다들 이렇게 하시거든요~ 큰 부담 안 가지셔도 될 듯한데… 다빈 님, 어떻게 생각하세요?"

채널이 채 크지 않을 때라 광고 하나하나가 소중한 수입원이었다. 그렇다고 유튜브 광고로 적합하지 않은 제품을 들키지 않기 위해 광고 표기 없이 진행하다니… 말도 안 되는 일이었다. 전화는 거절로 마무리되었지만, '다들 그렇게 한다'라는 말은 한참을 내 머릿속에 남아 있었다.

'어차피 아무도 모르긴 할 텐데…….'

충분히 그럴 수도 있는 일이었다. 세상에는 약삭빠른 사람이 너무 많은걸. 길거리만 다녀 봐도 쓰레기통이 아닌 자리에 유독 쓰레기가 많이 모여 있는 걸 볼 수 있다. 한 명이 버리면, 다음 사람이 '그래도 되겠지' 하고 동조하고, 그 다음 사람은 더 편한 마음으로 '다들 여기에 버리는데 나 하나쯤이야' 하고 동조한다. 점차 그렇게 쌓여 쓰레기가 있지 않아야 할 곳에 쓰레기가 모이게 된다. 그렇게 모두가 자기합리화로 책임을 전가하는 광경을 혐오했던 나로서는, 기만적인 행위에 동참하는 건 말도 안 되는 행위였다. 나는 친구들에게 현실 이야기를 토로했다.

"야, 너가 몰라서 그렇지 그런 사람 진짜 많아!"

"야, 몰랐냐? 조회수랑 구독자 수 사는 사람도 있어~"

"진짜 생각보다 많아~ 기록도 잘 안 남아서 숫자 추적하지 않고서야 들킬 염려도 없대!"

뭐이?! 나로서는 상상도 하지 못했던 충격적인 말들이었다. 돈으로 조회수랑 구독자 수를 올리다니, 내가 그간 머리털 빠지면서 그렇게나 치열히 고민했던 부분이 겨우 돈으로 해결되는 거였다니! 믿을 수 없었다. 허탈함에 구글을 검색해 보니 떡하니 홈페이지가 나왔다. 유튜브뿐만 아니라 페이스북, 인스타그램 등 원하는 SNS에 맞춰 구독자 및 팔로워 수 등을 살 수 있었다. 신청 방법도 매우 간단했다.

조회수와 구독자 수는 영상에 대한 대중들의 반응으로 여겨진다. 그래서 그 숫자들이 늘면 늘수록 반응이 좋다는 뜻이니 광고를 잘 받게 되고, 그게 다시 수입으로 이어지는 구조였다. 그렇게 벌어들인 수입을 다시 숫자 조작에 투자하면 비리의 악순환이 무섭도록 순탄하게 진행되는 것이다. 약았다, 사람들은 정말 약았다!

'나만 너무 바보 같은 걸까?'

세상은 정직하지도 공평하지도 않다. 나쁜 짓은 생각보다 세상에 잘 밝혀지지 않는다. 곧이곧대로 사는 것이 오히려 융통성 없는 바보로 취급되는 세상 아니던가. 내 눈엔 너무나도 약은 사람들이지만, 다르게 보면 오히려 그 사람들이 세상살이를 잘하는 똑똑한 사람들일 수도 있는 것이다. 아무도 알아주지 않는 정직함이 과연 성과와 돈보다 중요한 게 맞을까? 현실은 현실이다. 문득 시작된 가치관에 대한 혼돈은 의문을 계속 불러왔다.

내 맘대로 되지 않는 나의 영상 결과물, 그 와중에 반칙을 쓰는 다른 사람들… 이런 것들을 견디며 내가 언제까지고 이 일을 사랑할 수 있을까? 나는 앞으로 어떤 방향성을 가지고 살아가야 하는 걸까?

그렇게 유튜버 2년 차, 나는 두 번째 슬럼프를 겪었다. 아주 깊은 어둠이었다. 나와 다른 삶의 방식을 가진 사람들의 이야기도 충격이었지만 그게 내 가치관에 대한 회의감으로까지 이어지자 정신을 차리기 어려웠다. 도무지 힘이 나질 않았다.

나에게

더 중요한 가치는 뭘까?

'나에게 더 중요한 가치는 뭘까?'

머리가 아플 정도로 며칠간 복잡한 생각들이 이어졌다. 답은 결국 내 안에 있었다. 회의감이고 나발이고, 내 마음을 들여다보면 되는 것이었다. 구독자 수보다, 수입보다 더 중요한 건 내 양심이었다. 숫자뿐인 구독자, 허상뿐인 조회수는 당장 이익이 될 순 있지만 나에게 아무 의미가 없었다. 성취감, 뿌듯함, 떳떳함. 내가 힘을 얻는 것들은 그런 것들이었다. 양심이 밥 먹여 주냐고? 양심이 밥 먹여 주진 않지만 당당하게 살 수 있게는 해 준다. 세상에는 어딜 가나 꼭 반칙을 쓰는 사람들이 있다. 하지만 나는 반칙이 필요 없는 사람이 될 거다. 그렇게 생각하니 더 이상 불공평하다고 생각되지도, 화가 나지도 않았다.

다
포기하고 싶어…

슬럼프 시절을 제외하고, 유튜버라는 일은 줄곧 나에게 반짝이는 일이었다. 단점이 장점을 상쇄할 만큼 의미 있는 직업이라고 생각했고, 미래를 떠올렸을 때 희망적이었다. 불확실하고 외로운 만큼 스스로 하나부터 열까지 모든 걸 이뤄낸다는 성취감은 별났다. 무엇보다 〈무쌍 이다빈〉이라는 누구도 흉내 낼 수 없는 나만의 유튜브 브랜드를 만들어 냈다는 사실이 나에겐 값졌다. 나로 대표되는 내 브랜드가 사람들에게 인정받는 건, 곧 내가 인정받는 것과 다름없었다. 늘 이것저것 시도하면서 다양한 영상을 만드는 건 즐거움이었고, 시행착오를 겪으며 가끔은 힘들어도 배워 나가는 게 좋았다. 채널에 동영상이 쌓여갈 때마다 뿌듯했다. 이랬던 내가 구독자가 15만여 명이 되었을 때 초심을 잃어버렸다.

수지타산. 그게 뭐라고… 어느 순간부터 자꾸 따지게 됐다. '내가 알려 주고 싶은 것, 내가 만들고 싶은 것'이 아닌, '사람들이 좋아할 만한 것, 투자 대비 돈 되는 것'을 좇았다. 어떤 영상이 조회수가 잘 나오는지, 어떤 영상에 광고가 잘 들어오는지 너무 잘 알게 된 시점에서, 생계가 개입되니 욕심 없이 순수하게 좋아하는 영상을 만드는 일은 어려웠다. 물론 돈 되는 영상만 했다는 건 아니다. 다만, 내가 좋아하는 영상과 만들기 쉬우면서 돈 되는 영상 사이에서 어떤 방향이 맞는 것인지 내내 고민을 했다. 초창기였다면 당연하게도 '내가 좋아하는, 진짜 만들고 싶은 영상'을 만들었을 거면서… 이래서 좋아하는 일은 취미로 두라는 말이 생긴 건가. 그러다 마음이 '편한 쪽(돈도 되고 만들기도 쉬운 영상)'으로 기울기 시작하면서 처음의 열정은 점점 사라졌다. 어느 날 돌아보니 나는 비슷한 유형의 영상만 찍어내는 기계처럼 일하고 있었다.

구독자 수는 더디게 올랐다. 어쩌면 당연한 결과였다.

획기적인 기획 없이 기존 구독자들이 좋아해 주는 수준의 영상만 만들었으니 말이다. 15만, 16만… 그래도 꾸준히 오르는 게 어디야! 자기 위로를 하며 다시 기계처럼 영상을 만들던 와중 뜻밖의 일이 생겼다.

170,000…

헉! 17만이라니… 0이 도대체 몇 개야! 내가 17만 구독자를 가진 유튜버라니! 순간 그야말로 멘붕이 왔다. 정말 새삼스럽게 숫자의 위엄을 느낀 것이다. 새삼도 그런 새삼이 없었다.

나도 참 비겁한 게, 17만 명의 사람들이 나를 믿고 봐준다고 생각한 게 아니라, '내가 언제 나도 모르게 이렇게 많은 사람에게 둘러싸였지? 나는 이걸 원한 적이 없는데…' 하며 부담감을 더 느꼈다. 근래 영상의 조회수가 꾸준히 하락하는 시점에 느껴 버린 17만 구독자의 무게에 급기야는 무서운 기분까지 들었다. 다분히 이기적이면서도 이중적인 마음이었다. 이 큰 숫자를 잃어버릴까 봐 무서우면서도 이 많은 숫자를 어떻게 감당하나 생각했다. 내게 너무 과분한 숫자라는 생각이 들었다. 한창 좋을 때는 십 단위, 백 단위 숫자에도 마냥 감사하기만 하던 내가 이제 와서 이 숫자를 두려워하고 있다니… 큰일 났다. 난 여기서 더 이상 잘할 수 없을 것 같은데… 사람들이 실망하고 모두가 나를 떠나가면 어떡하지?

갑자기 내 자리가 아닌 곳에 내가 있는 기분이 들면서 억압감이 몰려왔다. 큰 가방을 지고 혼자 떠도는 기분이었다. 부담감이 커지자 차라리 모두 내던지고 싶었다. 가방이 너무 무겁게 느껴졌다. 다 버리고 시험공부라도 새로 시작하면 훨씬 낫지 않을까? 최다빈, 너 공부는 제법 했잖아? 그건 차라리 아무도 의식하지 않아도 되고 결과도 노력한 만큼 나오니까 말이야. 아냐, 공부가 무슨 소용이야… 그냥 다 포기하고 도망쳐 버릴까? 그게 더 행복하지 않을까?

지금 생각해 보면 우울증 증세였던 것 같다. 집중도 하지 못하고, 식욕도 없었다. 내가 뭘 하고 있는 건지, 나의 의미를 잃어버린 무기력한 상태였다. 우울감과 혼란스러움, 여기에 추가로 건망증까지 생겨 버렸다. 이틀 전에 잡은 약속도 잊어버리고, 물건을 어디에 뒀는지 기억하기도 힘들었다.

코로나19로 인한 거리 두기 조치 때문에 우울감은 더욱 더 쉽사리 극복되지 않았다. 밖에 나가지를 못하니 사람을 만나지도, 취미생활을 하러 다니지도 못했다. 차라리 가상현실 이야기에라도 빠져들고 싶은데 집중력이 떨려서 드라마에도, 음악에도, 책에도 빠져들 수 없었다. 하루 종일 이불 속에서 의미 없이 휴대폰만 만지작거리다 잠들었다. 그러다 다시 멍하니 깨어나기의 반복이었다. 그건 마치 이별의 상황과도 같았다. 아무 의지도 없이 멍한 상태. 어디서부터 뭐가 잘못되어서 지금 이런 상황에 놓인 거지? 나는 분명히 행복하고 긍정적인 사람이었는데 왜 이렇게 변해 버린 거지?

●

"정신 차려! 그 말한 지 한참 됐어."

요즘 들어 유튜브가 재미없다고, 기계처럼 일하는 것 같다고, 하루 종일 무기력하게 퍼져 있는 내 상태를 털어놨더니 친구는 이렇게 말했다. 생각해 보니 그런 것 같다. 올 초에도 이런 얘기를 했던 것 같다. 나는 최근에만 이런

게 아니고 꽤 오래전부터 지쳐 있던 것이다. 그 사실은 외면한 채 난 알량하게 상황 탓을 하며 자기합리화를 하고 있었다. 한참을 힘들다는 핑계로 열정 없이 살다가 '지금 나는 번아웃 상태여서 이런 거야. 잠시 이러다 말 거야. 원래의 나로 다시 돌아가게 될 거야' 하고 생각하고 있었다. 세상에 '원래의 나'라는 말은 존재하지 않는다. 지금 이 상태 그대로, 우울하고 두려운 상태로 살고 있는 내가 그냥 나였다. 나는 약해진 내 모습을 인정해야만 했다. 유튜브 시작 당시 댓글 하나하나에 감사했던, 단 열 명의 구독자가 늘어날 때에도 박수를 치던, 그때를 기억해야 했다.

누군가 그랬다. 어느 순간 문득 자기가 지닌 것이 거품이라 생각된다고 해도, 전혀 의구심을 가질 필요가 없다고 말이다. 우리가 마시는 '카페라떼'에서 거품을 추가한 게 '카푸치노'인데, 이 메뉴가 존재하는 건 바로 그 거품을 즐기기 위해서라고. 내가 원했든 안 원했든 17만 구독자라는 거품은 내가 가진 성질이기도 했다. 17만이라는 숫자가 언젠간 사라질 거품이라고 하더라도, 그걸 지닌 지금, 나는 그 거품을 충분히 즐길 필요가 있고, 자격이 있다. 거품을 두려워할 필요는 없는 것이다.

수치로 둘러싸인 현실의 무게에서 조금 떨어져 내면에 집중하니, 나는 자연스럽게 행복해졌다. 무조건 완벽한 영상을 올려야 한다는, 조회수가 잘 나오는 영상을 올려야 한다는, 내가 나에게 부여한 압박감에서 벗어나니 마음이 훨씬 편했다. 다시 만들고 싶은 영상을 만드니 뿌듯함도 즐거움도 다시 내 것이 됐다. 취미도 식욕도 되돌아왔다. 집중력을 되찾아서 일도 힘차게 효율적으로 다시 할 수 있었다.

조회수나 광고 수익은 줄었다. 구독자 증가세도 제자리걸음이었다. 하지만 더 이상 그러한 수치들이 아닌 영상 자체를 보게 되니 마음이 훨씬 좋다. 영상을 제작할 때도 더 재미있고, 스스로 이전 영상들을 반복 감상하는 경우도 생겼으니 말이다. 훗날 내 맘대로 올린 영상들에 아쉬움이 남을 수도 있겠다. 하지만 나는 일단 현재의 행복에 집중해 보기로 했다. 괜스레 부담감 느끼지 말고, 일어나지 않은 일에 대해 걱정하지 말고, 나를 잃지 않는 선에서만 최선을 다하기! 성과나 수입은 부수적이라는 걸 잊지 말자!

수치로 둘러싸인

현실의 무게에서 조금 떨어져

내면에 집중하자.

4장

나는 오늘도
나를 믿는다

틀린 게 아니고 다른 것뿐이야

얼마 전 친구랑 같이 버스를 탔다. 창밖으로 펼쳐진 하늘이 유난히 예뻤던 탓에 둘 다 감탄을 멈추지 못했다.

"와~ 하늘 봐! 오늘 진짜 예쁘다!"

"대박!! 진짜 맑아~"

"잉? '맑다'라고?"

"응, 진짜 맑은 하늘이네~"

"뭐야~ 하늘이 예쁘긴 한데, 맑은 건 아니지!"

"뭐래? 누가 봐도 맑은 하늘인데?!"

아주 청량한 하늘색에 햇빛도 눈이 부시게 찬란한 날이었다. 뭉게구름이 적당히 덮여 마치 수채화 그림처럼 펼쳐진 하늘이었다. 그런데 적어도 내 기준에서는 맑지 않았다!

"잉? 무슨 소리~ 구름이 저렇게 많은데 맑다고 할 수 없지!"

"아니지, 구름이 있어도 맑은 하늘이지~ 이 정도면 맑은 거야!"

"'맑다'는 건 구름이 없고 안개나 미세먼지도 없는 상태를 말하는데?"

"야! 구름 없는 부분을 봐~ 엄청 파랗고 미세먼지도 없고 맑잖아?"

그럴 리가, 이렇게 구름이 몽글몽글한 하늘을 보고 당연히 맑다고 할 수 없는데… 웃기지도 않는 주장을 하고 있다고 생각하면서 나는 바로 하늘 사진을 찍어 다른 친구들에게 보냈다. 아니, 그랬더니 모두가 '맑은 하늘'이라며 감탄하는 게 아닌가! 나로서는 충격적인 반응이었다. 포털 사이트 사전에 검색해 봤더니, '맑다'의 사전적 정의 2번

이런 '다름'들이 세상을 더 풍요롭게

만들어 주는 게 아닐까?

은 '구름이나 안개가 끼지 아니하여 햇빛이 밝다'라고 적혀 있었다. 내가 정의를 잘못 알고 있는 게 아니었다. 그런데 모두가 사전적 정의와 상관없이 구름이 낀 하늘을 맑은 하늘이라고 칭했다. 나는 당황할 수밖에 없었다. 하지만 세상은 다름투성이인 것을 알아 오지 않았는가? 그리고 지금은 명백하게 내 포지션이 '다름'에 있었다.

어릴 땐 이성적이고 객관적인 사실만 옳다고 믿었다. 세상에는 명백하게 맞고 틀린 게 존재한다고 말이다. 그렇게 생각한 나는 완전히 고리타분하고 다소 보수적인 아이였다. 만약 내가 예전에 이 상황을 겪었다면 아마도 《국어사전》에 객관적으로 입증된 증거가 있다는 이유로 나의 옳음을 계속 우겼을지도 모른다. 다른 사람들이 다 틀리고 내가 맞는 거라고… 너희가 생각을 바꿔야 한다고. 하지만 세상에는 객관적인 정답이란 존재하지 않는다. 내가 계속 맑은 하늘이 아니라고 우긴들, 모두가 맑은 하늘이라고 하면 맑은 하늘이 맞는 거다. 함께 사는 세상 소통을 위해 쓰는 언어인데, 나 혼자 다르게 생각한다면, 그게 설사 맞다고 치자. 근데 무슨 의미가 있을까? 객관적인 개념으로 인식하는 것보다 모두가 합의하는 개념으로 인식하는 게 어쩌면 더 옳은 것인지도 모른다. 맞춤법이나 정의가 '사람들이 실제 사용하는 방향으로' 개정되는 이유도 같은 맥락이지 않을까.

우리는 인간이기에 완전히 이성적이지 않다. 늘 정확하고 객관적인 기계가 아니다. '인정'이라는 말이 괜히 있는 게 아니고, 판례의 '특수 사항'이라는 개념이 괜히 있는 게 아니다. 기억에 관해서도 마찬가지이다. 우리가 사건을 다르게 기억하는 건 어쩌면 당연하다. 내가 이 책에 쓴 내용들 역시 모두 철저하게 '나'의 시선에서 각색된 이야기들이다. 객관적이지 않고, 정확하지 않고, 오류투성이일 것이다. 하지만 오히려 이런 부족함, 이런 부정확함이 우리를 더욱더 인간답게 만들어 주는 게 아닐까? 이런 '다름'들이 세상을 더 풍요롭게 만들어 주는 게 아닐까.

얼마 전에 읽은 개리 마커스의 《Kluge(클루지: 서투른 해결책)》를 보면 인상 깊은 구절이 있다. 책에 따르면 대부분의 사람이 본인이 평균보다 더 똑똑하고, 공정하며, 인정 많고, 신뢰할 만하다고 생각한다고 한다. 당연한 얘기겠지만 대부분의 사람이 모두 평균 이상일 수는 없다. 우리는 우리도 모르게 착각 속에 살고 있는 것이다. 내가 진짜 많이 아프기 전까지 '나는 아파도 저 사람들처럼 예민하게 굴지는 않을 거야'라고 했던 것도, 진짜 힘듦을 마주하기 전까지 '난 남들보다 강하니까 금방 극복할 수 있을 거야'라고 했던 것도 책에서 말한 착각의 일환이겠다. 나도 모르게 스스로를 관대하게 평가하고 있었고, 모두 겪고 나서야 모두 나의 착각이었다는 걸 깨달았다. 자각하지 못하지만 우리는 꽤 자주, '스스로가 맞다'라는 가정을 한 뒤 어떠한 상황을 마주하곤 한다.

살다 보면 '다름'으로 인한 혼돈을 참 많이 마주하게 된다. 그리고 다름으로 인한 불편함은 평생에 피할 수 없는 문제이다. 이 불편함을 넘어서 다름을 통해 성장하는 방법은 각자의 다름을 존중하는 데서부터 시작한다고 생각한다. 같은 배에서 태어나 같은 배를 타고 자랐지만, 언니랑 나랑은 영 딴판이었다. 그런 언니와 내가 지금 둘도 없는 동반자로 존재할 수 있는 이유도 여기에 있다고 생각한다. 나와 다른 사람을 억지로 굴복시키거나 무시하기보다는 서로 다름을 인정하고 형평성 있는 시각으로 다름을 인식할 때, 더 풍요롭고 평화로운 세상을 마주할 수 있는 법이다. 도저히 이해가 되지 않는 다름은 강제로 이해하지 않아도 상관없다. 그러나 필요한 건 '이럴 수도 있구나' 하고 인정하는 시각이다. 그게 모두가 편해질 수 있는 길이다.

달리기,
조급해하지 않아도 괜찮아

뷰티 유튜버로서의 일상은 무료하다. 아침에 일어나면 작업실과 스튜디오 겸 마이 스윗 홈으로 마련한 큰 집에서 혼자 덩그러니 카메라에 대고 말한다. 그러고는 SNS상으로 대화한다. 또다시 책상에 앉아 노트북 키보드만 달칵거리며 하루를 침묵으로 지낸다. 혼자라 편한데 혼자라서 또 지루하고 외롭기도 하다.

그래서 러닝을 시작했다. 혼자서 일하는 터라 약속이 없는 이상 밖으로 나가는 일이 좀처럼 없는데, 늘 집 안에서 방-거실-화장실-거실만 반복하다 보니 아무래도 몸이 찌뿌듯하고 그나마 있던 근력조차 사라지는 기분이었다.

실수해도 괜찮다.

또 배우고, 다시 바로잡고,

다음에 한 번 더 조심하면 된다.

한번은 날씨가 좋다는 이유로 무작정 집 앞을 나가 달려봤는데, 몸에 활기가 돌고 왠지 건강해지는 기분이 드는 게 짧은 시간에 효과가 아주 좋은 듯했다. 햇볕을 쬐고 바깥 공기도 마시면서 뇌가 정화되는 그 느낌! 생각보다 훨씬 더 좋았다. 그래서 매일 잠깐이라도 나가서 뛰어야겠다는 결심을 했다.

그런데 나는 나를 잘 안다. 나란 인간… 이렇게 한두 번 뛰면서 '건강한 취미가 생기다니 기쁘다! 앞으로 쭉 달려야지!' 하고 파이팅 했다가, 며칠 안 가서 다시 방구석에만 콕 박혀 있을 것이 뻔했다. 꾸준히 뛰기 위해서는 의무감이 필요했다. 귀찮아도 바빠도 뛰기 싫어도 뛰어야만 하는 '이유'를 만들어야 했다. 내가 선택한 방법은 모임 창설! 일전에 혼자 할 땐 금방 무너졌던 독서 시도가 모임 창설 후 훌륭하게 습관으로 자리 잡았던 성공 신화가 떠올랐기 때문이다. 이번에도 나름 규율을 정해서 달리기 모임을 신설했다. 이름하여 '해님달림'이었다. 해님도 보고 달리기도 하고, 애정을 불러일으키는 깜찍한 이름이다.

총 일곱 명의 멤버를 모았다. 빠르게 달리기나 장거리

달리기가 목적이 아닌, 달성 가능한 개인의 목표치를 스스로 설정해서 매일 달성하는 것, 그게 바로 우리 모임의 목표였다. 하루 만 보 걷기, 3킬로미터 달리기, 6킬로미터 걷거나 달리기 등 개인별로 다양한 달리기 목표를 정했다. 그중 나는 '하루에 2킬로미터 걷거나 달리기'로, 숫자로 치면 멤버들 중 가장 달성하기 쉬운 거리였다. 그마저도 달리기보다는 걷기 위주여서 쉬지 않고 쭉 달렸던 구간은 500미터도 채 안 됐을 것이다. 그래도 '할 수 있는 만큼 꾸준히'라는 모임의 취지에 부합하는 나만의 목표였다. 그렇게 해님달림은 스타트라인을 넘었다.

솔직히 얼마 안 가 그만두거나 목표치를 낮추는 사람이 생겨날 것이라고 생각했다. 나한테는 매일같이 2킬로미터를 채우는 게 매우 힘든 일이었기 때문이다. 만 보라니, 6킬로미터라니. 하루 이틀은 그렇다 쳐도 일주일 내내, 한 달 내내는 분명히 힘들 것이다. 그런데 예상 밖이었다. 다들 너무나도 잘하는 것이었다. 오히려 어려움을 개선하고 목표치를 올리면서 더 적극적으로 참여하는 멤버들도 생겨났다. 처음에는 함께 열심히 해 주는 멤버들에게 그저 감사한 마음이 컸다. 그리고 이런 건강한 모임을 또 만들어

내다니, 뿌듯함이 컸다. 그러나 조금 더 지나자 '나만 너무 뒤처지는 것 같은데?' 하는 야비한 비교심리가 뱀처럼 스멀스멀 올라오기 시작했다. 2킬로미터라는 내 숫자가 너무나도 초라해 보였다.

'2킬로미터 내내 뛰어야겠다!'

나는 무작정 뛰기 시작했다. 걷지 않고 내내 뛰는 것에 빨리 적응해서 다음 달이 되면 목표를 3킬로미터로, 그다음 달에는 4킬로미터로 상향해서 부끄럽지 않은 모임 장이 되고 싶었다. 원래 걷다 뛰다 반복하던 운동 패턴을 갑자기 오래달리기로 바꾸려 하니 너무나도 힘들었다. 2킬로미터가 이렇게나 긴 거리였던가… 노래 한 곡이 이렇게나 길었나… 코로나19의 여파로 마스크를 쓴 채 달렸는데, 이러다 숨이 너무 차서 호흡곤란으로 쓰러지는 게 아닌가 하는 생각도 들 정도였다. 숨을 깊게 들이마실 때마다 폐가 조금씩 쑤시는 듯했다.

무리를 한 건 그뿐만이 아니었다. 평소에 쓰지도 않던 관절과 근육도 놀랐다. 내내 뛰기 시작한 지 겨우 3일 만에, 나의 뜀박질에 빨간불이 켜졌다. 무릎과 발목에 문제가 생겼다. 관절이 너무 아팠다. 특히 내리막길을 걸을 때는 더욱 삐끄덕거렸다. 갑자기 노인 관절이 된 것 같은 기분이 들었다. 그렇게 온몸이 아픈 상태로 뛰는 건 감히 상상도 하지 못한 채, 일주일 넘게 달리기를 쉬어야 했다.

나는 왜 목표치를 무리하게 늘리고 싶었을까? 왜 결국엔 탈이 나서 일주일이 넘는 시간을 허비하게 된 걸까? 나보다 더 잘 달리는 해님달림 멤버들이 없었다면, 나는 2킬로미터를 달리는 것만으로도 큰 만족을 느꼈을 텐데! 멤버들에게 한없이 고마운 마음이 들었던 것도 잠시, 나는 어느새 그들을 비교 대상으로 만들고 있었던 것이다. 무작정 남과 비교하는 일 그리고 남들을 따라 무리한 목표를 욕심부리는 일은 일시적으로 나에게 동기부여가 될 수는 있지만, 결국 이렇듯 나에게 부정적으로 돌아오기 마련이다. 이미 '남들과 비교하지 말자' '만족할 줄 알아라' 같은 인생 선배들의 교훈을 잘 알고 있다. 그럼에도 일상에서 끊임없이 이런 실수를 반복하는 이유는 아마도 이런 비교심리가 이미 습관처럼 자리 잡았기 때문일 것이다.

요즘에는 아주 즐겁게 달린다. 한 달 전에는 500미터 달리기도 헐떡였는데, 이제는 2킬로미터 정도는 가뿐하다. 가끔 컨디션이 좋을 때는 3, 4킬로미터까지 자발적으로 뛰곤 한다. 남들처럼 목표 킬로미터를 늘리지 않아도, 스스로 이미 체력이 늘었다는 걸 체감할 수 있다. 킬로미터가 는 것보다도 하루하루 스스로 정해 놓은 목표를 달성했다는 사실 자체가 더 뿌듯하다. 모임의 본래 취지로 사고방식이 돌아왔다.

실수해도 괜찮다. 또 배우고, 다시 바로잡고, 다음엔 한 번 더 조심하면 된다. 느려도 괜찮다. 조급해할 필요는 없다. 하루 0에서 2킬로미터면 이미 아주 훌륭하다.

실패는 자산

한동안 자만심에 빠져 있던 때가 있었다.

'캬하~ 나는 뭐 하는 일마다 이렇게 잘되냐, 나 참~!'

똑똑한데 운까지 좋은 사람. 그게 바로 나였다. 70퍼센트의 노력만으로 100퍼센트의 성과를 달성하는 사람, 그게 바로 나였다. 하하, 모두가 부러워하는 노는 것 같은데 잘되는 재수 없는 그런 사람, 그게 바로 나였다.

웃기는 소리! 착각도 유분수였다. 하는 것마다 잘되는 이유가 뭘까? 다시 생각해 볼 필요가 있다. 내가 잘나서가 아니라 그 일들이 쉬웠던 건 아닐지, 혹시 내 능력 이상의 일들은 아예 시도하지 않았던 건 아닐지. 따지고 보면 맞았다. 단기 암기력이 좋아 시험을 잘 보는 편이었고 사람들을 좋아해서 모임을 잘 이끌어 나갔다. 여러 종류의 자격증을 따고 좋은 학과 성적을 유지하는 일, 사람들이 모이는 모임에 다양하게 나가 나의 존재를 인정받는 일, 나를 자만심에 빠뜨렸던 건 그런 일들이었다. 내가 잘하는 것들 말이다. 나는 내가 잘하는 것들을 열심히 찾아 해내고 있었다.

그런가 하면 나는 생전 마라톤에 나가 본 적이 없었다. 오래 달리려면 체력과 지구력이 필요한데, 스스로 부족한 부분임을 너무 잘 알고 있었기 때문이다. 라스베이거스에서 카지노에 갔을 땐, 그 좋은 경험의 기회에서 단돈 50달러도 쓰지 않았다. 빠른 상황 판단과 운발이 필요한 카지노에서 스스로 게임에 승산이 없다는 걸 일찌감치 알고 있었기 때문이다. 마라톤에 나갔다가 중도 포기를 한다면, 카지노에서 베팅을 더 많이 했다가 모두 잃어버리기하도 한다면, 스스로 느낄 실망감이 두려웠기 때문이다. 실패가 가장 무서웠던 탓이다.

그런데 떠올려 보면 내가 한 단계씩 성장했던 때는 내가 실패했을 때였다. 친구 관계에서 실패했을 땐 이를 계기로 더 넓은 시선으로 타인을 볼 수 있게 되었고, 내 상처를 스스로 보듬을 수 있게 됐다. 체력 관리에 실패해서 심하게 아픈 후에야 그전에는 모르는 영역이었던 아픈 사람의 입장을 이해할 수 있었고, 취업에 실패한 것을 계기로 난생처음 나에 대해 본질적인 고민을 해 볼 수 있었다. 유튜버로서 스스로가 한없이 부족하고 채널 운영도 절망적이라고 느꼈을 땐 성과 위주로 변해 갔던 스스로를 되돌아보고 인정하는 법과 내려놓는 법을 배웠다. 많이 용감해졌다고 생각하는데, 생각해 보면 여전히 실패 위험을 감수하기보다는 안전빵을 추구하는 것 같다.

실패라는 건 자고로 굉장히 주관적인 것이었다. 한번은 패러글라이딩에 도전했을 때 두려움을 극복하고 높이 올라탔지만, 상공에서 다시 두려움을 느끼고 결국에는 목표를 달성했다는 성취감을 느끼지 못했던 적이 있다. 내면적으로 전혀 즐길 수 없었기 때문이었다. 스스로 두려움을 알고 극복을 위해 도전했지만 결국 고소공포증이라는 더 큰 두려움을 얻게 된 경험이었다. 그로부터 5년이 지난 현재,

여전히 높은 곳이 무서운 이 시점에 나는 또 다음 비행을 준비하려고 한다. 한 번 더 도전할 기회가 온다면, 이전보다는 더 잘 해낼 수 있을 것 같아서이다. 그땐 실패했지만, 이번엔 고소공포증까지 극복할 수 있을지 모를 일이다.

다시 하면 이겨낼 수 있을 거라는 오기, 혹은 승부욕이라고 하는 이 차오르는 감정이 바로 실패의 경험으로 얻어진 내면의 단단함인 것이다. 이런 근자감으로 나는 지금 책을 쓴다. 그 후에는 운전면허증을 딸 것이고, 몸 라인을 가꿔 바디프로필 사진을 찍을 것이고, 아직은 허황된 꿈같지만 끝으로는 음원도 낼 것이다. 근자감을 부리는 것도 연습이 필요한 법이다.

실패했다는 이야기는 다르게 해석해서 도전했다는 이야기가 된다. 결과가 어찌 됐든 도전은 멋있다. 실패가 두려워 아무것도 안 하는 것보다는 실패하더라도 하는 게 낫다. 학업에 실패해도, 연애에 실패해도, 수많은 실패를 거듭해도 괜찮다. 쌓이고 쌓인 경험들이 다음 도전의 발판이 되어 줄 테니까. 그 발판을 밟고 나는 더 높은, 혹은 더 넓은 어딘가로 향할 수 있을 테니까.

나도 누군가에게 상처를 줬겠지

한번은 집에서 옛날 물건 꾸러미를 찾아낸 적 있다. 꾸러미를 뒤지다가 오래전 어린 시절에 엄마가 중국에서 쓰시던 휴대전화를 발견했다. 너무 반가운 마음에 기기를 찾아 충전까지 하는 수고를 감수하고 전원을 켰다. 그 시절 많이도 봤던 익숙한 홈 화면이 나타났다(왜 익숙하냐면 당시 나는 열세 살 남짓으로 내 휴대전화가 없었고, 종종 엄마 전화로 게임을 하거나 사진을 찍으며 놀았기 때문이다).

휴대전화 저장소에는 어린 시절의 사진도, 게임도 모두 그대로 남아 있었다. 한참을 추억에 잠겨 화면 여기저기를 눌러 보다가 우연히 '음성 메시지'에 들어갔다. 음성 파일은 몇 개 없었다. 그중 '작은딸_음성통화녹음'이라는 음성 파일이 눈에 들어왔다. 내가 우리 집 둘째 딸이니, 작은딸은 필히 나를 지칭하는 것이었다. '통화하다가 잘못 눌러서 녹음이 됐나 봐!' 하고 궁금한 마음에 파일을 재생해 보았다.

"어쩌라고!!! 엄마가 뭔데? 잘 알지도 못하면서!"

"엄마가… 이따가 들어가서 봐 줄게~ 일단 기다리고 있어~"

세상에… 들어본 것 중 가장 싸가지 없는 목소리가 튀어나왔다. 재생을 누르자마자 인상이 절로 찌푸려졌다. 타이르는 듯한 차분한 엄마의 음성에 이어, 짜증 섞인 탄식과 함께 통화는 종료됐다. 1분 남짓한 짧은 통화 내용이 나에게 상당한 충격을 주었다.

'내가… 이 정도였어?'

얼굴이 화끈 달아올랐다. 통화를 엿듣기만 했을 뿐인데도 내가 되려 상처를 받은 기분이 들었다. 당시 중국으로 이민 간 지 얼마 되지 않아 나는 사춘기를 겪었고, 그때 가족들에게 까칠하게 대했다는 어렴풋한 기억은 있었지만… 이 정도로 정떨어지는 애였을 줄은 생각도 못했다. 그동안 나는 오히려 내가 가족들에게 받은 상처만 크게 생각했었다. 언니와 동생은 잘만 챙겨 주면서 내 생일 선물을 까먹고, 모두가 있는 자리에서 나를 웃음거리로 삼고… 부모님이 무심했던 건지 내가 예민했던 건지 상처는 잘 받는데 또 자존심은 세서 혼자 화장실에서 문을 걸어 잠그고 훌쩍거린 게 하루 이틀이 아니었다. 그래서 나의 사춘기 시절 기억은 온전히 '나' 위주의, '내가' 상처받은 편파적인 기억투성이였다. 그런데 녹음 파일을 듣고 다시 떠올려 본 당시 장면들은 그게 아니었다. 충격적이었다. 지금에서야 다시 듣는 제삼자 입장에서도 이런데, 당시 엄마는 어떤 마음이었을지, 한두 번에 그친 일이 아니었으면 어땠을지, 짐짓 태연하게 타이르는 엄마의 목소리가 더욱 가슴을 후벼팠다. 나는 지금 기억도 못하는 그 시절 못된 내 모습에, 엄마는 얼마나 더 아파했을지 먹먹함이 몰려오고 부끄러움도 몰려왔다. 나는 황급히 해당 파일을 삭제해 버렸다.

나도 언젠가 누군가에게

상처를 줄 수 있는 사람임을 기억하기.

사람들은 타인이 본인에게 끼치는 영향력은 크게 생각하고, 본인이 타인에게 끼치는 영향력에 대해서는 간과하는 경향이 있다고 한다. 만약 당시 통화 내용을 발견하지 못했다면, 그 시절 내가 엄마를 얼마나 못되게 대했는지 나는 아마도 영원히 몰랐을 것이다. 당연히 나로 인해 가슴 아팠던 엄마의 슬픔조차 없었던 일이 되었을 것이다. 나는 이제껏 내가 받은 상처만 크게 보고, 내가 느낀 슬픔만 생각하는 자기연민에 빠져 있었다. 통화를 듣고 실상을 재구성해 보면서 그제서야 나 역시도 타인에게 상처를 주는 사람임을 인정할 수 있었다.

뿐만 아니라 내가 미처 모르는 사이에 타인에게 상처를 줬던 경우는 헤아릴 수 없게 많았을 것이다. 따돌림을 당하고 아르바이트에서 무시를 당하는 것과 같이 분명한 일이 아니더라도 우리는 소소하게 상처를 주고받으며 산다. 말 한마디, 행동 하나가 나로부터 나갈 땐 별말 아닐지라도 타인에게 닿는 순간 눈 깜짝할 새 큰 상처가 될 수 있는 것이다.

우리는 항상 타인과 부대끼고 산다. 타인은 나와 다른 사람이기에 어쩌면 상처를 받고 상처를 주는 일은 피할 수 없는 일일 것이다. 그런 상처들을 대하는 방법은 하나, 나도 타인도 의도치 않게 그럴 수 있다는 걸 인정하기. 둘, 내가 타인으로 인해 받은 상처에 집중하기보다는 본인도 모르게 무의식중 그럴 수 있는 것이라고 너그럽게 이해하기. 셋, 그리고 나의 언행을 조금 더 조심하기. 넷, 마지막으로 나도 언젠가 누군가에게 상처를 줄 수 있는 사람임을 기억하기.

나만의 길을 가는 사람

내가 정말 좋아하고 존경하는 친구 중에, 정말 끝없이 꾸준한 친구가 있다. 듬을 안 지는 어느덧 5년, 상황이 바뀌고 상태가 바뀌어도 그는 여전하다. 요리 분야에 발을 담그고 있지만 남들과 같은 길을 따라 주방 일부터 배워 한 단계씩 올라가는 게 아닌, 궁극적으로 자신이 하고자 하는 레스토랑 사업을 위해 조금 더 특별한 길로 자신만의 커리어를 쌓고 있는 친구이다.

듬은 눈에 띄는 반응, 확실한 수입 없이 3년째 꾸준히 유튜브에 영상을 업로드한다. 그리고 그 콘텐츠의 퀄리티는 정말 일취월장이다. 돈을 벌면서 유튜브를 운영하는 나도 성실하게 업로드하는 게 가끔은 벅찬데, 어떻게 그렇게까지 할 수 있나 싶을 정도로 대단하다. 그는 또 누구나 힘들어하는 이런 코로나 시국에, 특별한 메뉴를 개발하고 사연을 보내 준 구독자들에게 공짜로 배달 서비스도 진행한다. 메뉴 개발부터 재료 손질, 조리, 포장, 사연을 받고 공지하고 차를 빌려 문 앞까지 배달하기까지… 나도 한 번 이벤트로 먹어 볼 기회가 생겼는데, 맛도 맛이지만 그 수고스러움을 아무런 대가 없이 받는다는 것 자체가 정말 감동적이었다.

"사람들이 내 요리를 먹고 고마워하며 힘을 내는 모습이 너무 좋아. 정말 보람차. 지금 당장 돈도 없고 바쁘기만 하고 미래는 불확실하고… 솔직히 너무 힘든데 언젠가는 또 잘 풀릴 거라고 믿어. 꾸준히 열심히 하는 게 내가 잘하는 거니까. 일단 내가 잘하는 것에 최선을 다하는 거지."

자신이 좋아하고 성취감을 느끼는 분야에서 어떤 방식으로 성장하고 싶은지 파악하는 일은 생각보다 어렵다. 하고 싶은 일을 찾았다고 해도 내가 지금 맞는 길로 가고 있는지 알 수 없다. 남들이 하는 대로 쭉 가다 보면 어떤 어른이 되어 어떻게 살아가고 싶은지 고민해 볼 겨를 없이 어른이 된다. 스스로 내면에 대해 제대로 생각해 볼 겨를 없이 어느새 주어진 일을 하고 있다. 그리고 또 그렇게 영위된 삶이 그다지 나쁘지만도 않기에 현실에 수긍하고 적응하며 산다. 머리 빠지는 치열한 고민 없이도 그럭저럭 잘 살아갈 수 있기에 중요한 질문을 항상 미뤄 둔다.

자신이 좌절감을 느낄 때는 언제인지, 그럴 땐 어떤 방식으로 노력할 것인지 내가 변화하는 만큼 질문에 대한 답변 또한 수시로 바뀐다. 그래서 나에 대한 탐구는 일생일대의 과제이다. 어렵지만 놓지 말아야 하는 오롯이 나를 위한 사투이다.

그러니까,
나는 오늘도 나를 믿는다

우원재의 〈시차〉라는 노래가 있다. 2017년 발매 후 음원차트 1위를 무려 열 번 넘게 유지할 정도로 유명하지만, 관심이 없는 사람들이라면 잘 모를 수도 있겠다. 낮과 밤이 바뀐 창작자의 치열한 삶, 그리고 이를 탐탁지 않게 느끼는 사회적인 시선을 랩으로 담담한 듯 속 시원하게 풀어내며 각종 예술계 종사자들의 심금을 울린 대단한 곡이었다. 그리고 당시 예술계 종사자 중 한 명이 바로 나였다. 왜, 괜히 노래 가사나 드라마에 감정이입해서 주인공이 된 듯한 그런 기분. 당시 나는 영상을 막 대여섯 개 정도 올리기 시작한 열정 가득한 꼬맹이 유튜버였고, 나름 예술가의 길로 들어서서 밤낮없이 편집에 몰두하던 스스로를 북돋아 주고 위로해 줄 수 있는 것이 필요했는데, 그게 바로 이 〈시차〉라는 노래였다. 몇 달을 이 노래에 빠져 스스로가 무슨 대단한 예술인이라도 된 마냥 엄청난 자부심 속에 영원히 이상을 좇을 것처럼 생각하며 지냈다.

하지만 현실은 노래 가사와는 사뭇 다르다. 우리 인생은 드라마 주인공보다는 조연과 닮아 있는 경우가 많다. 싸움에서 지고, 사랑에 실패하고, 타올랐던 열정도 생각보다 금방 식는다. 유튜브도 처음 1년은 재미있었다. 하지만 이내 예상치 못했던 성장세가 주는 압박과 현실적인 불안감이 동시에 피어오르면서 회의감이 생겨났다. 처음의 취지와는 다르게 흘러가는 내 유튜브 채널의 방향성 또한 혼란스러울 지경이 됐다.

'과연 내가 유튜브로 계속 먹고살 수 있을까?'

'졸업한 지 오래되면 취업시장에서 불리한데, 다른 친구들이 경력을 쌓고 있을 시간에 내가 이러고 있어도 되는 걸까?'

'내가 원하던 건 이게 아닌데… 자꾸 이런 영상만 올리는 게 무슨 의미가 있지?'

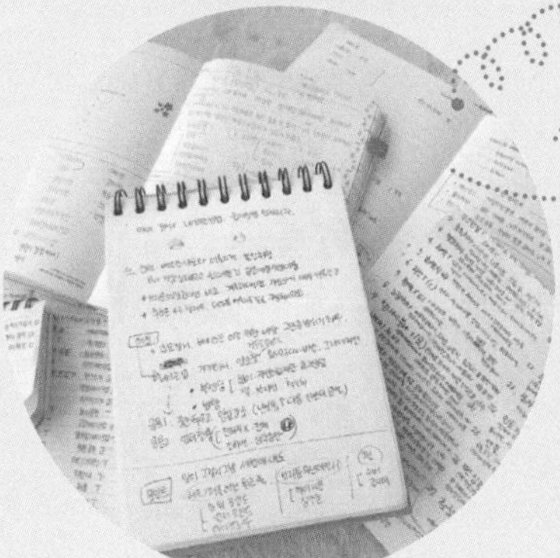

그래도 일단 해보자.

용기는 별게 아니다.

그냥 한번 해보는 거다.

한번 생긴 회의감은 쉽게 사그라들지 않았다. 사그라든 것처럼 보이다가도 다시 피어나고 또다시 피어난다. 유태기(유튜브 권태기)는 점점 빠른 주기를 기점으로 반복되었고, 갑자기 열정이 타오르다가도 몇 시간 지나 다시 우울해지기 일쑤였다. 그러다 극복의 기미도 보이지 않는 지경까지 가기도 했다. 우울감에 사로잡힌 나날들이었다. 나는 지쳤다는 걸 인정해야 했다. 나는 마치 나 홀로 떠난 항해에서 나침반을 잃은 선장과 같은 모습이었다. 일단 간간이 잡아먹는 물고기로 연명은 하지만, 방향성을 잃어버려 어디로 나아가야 할지 모르는 모습, 일단은 문제없이 지내는 듯 보이면서도 불안감과 무기력함에 빠진 모습, 빛을 잃은 눈동자로 허공을 바라보는 모습…….

그래서 나는 이 회의감, 압박감을 잠시 벗어던지기로 했다. 무력감에 잡아먹히기는 싫어 지금 나는 잠깐 유튜브 세계에서 도망쳐 나와 글을 쓴다. 방향을 잃은 배 안에서 책을 쓰는 게 무슨 소용이냐고? 어쩌면 배 안에 버려질 그저 종잇조각일지도 모르는데? 그래도 재미없게 가만히 누워 있는 것보단 나은걸. 글이라도 열심히 끄적이다 보면 내 안에 있던 방향성을 찾을지도 모르는 일이다. 혹시 모르지 않는가. 바람에 날아간 종잇조각을 따라가다 보면 내가 원하던 세상이 나올지 말이다.

나에게 책 출간이란 또 하나의 도전이고, 실패를 무릅쓰고 낸 용기다. 글을 쓰다가도 아마 수많은 물음표에 맞닥뜨릴 것이다. 그렇지만 더 이상 실패가 두렵지 않은 이유는 아픈 만큼 내가 그 속에서 또 배우고, 성장할 것이기 때문이다. 그리고 다시 극복할 것이라고 믿기 때문이다. 이런저런 걱정은 집어던지고 다시 〈시차〉에 미친 척 이입할 때가 왔다.

'뭐든지 걱정만 많으면 잘될 일도 안되니까, 그냥 하기나 해!'
'그래, 하기나 하자… 어떻게든 잘될 테니까!'

나는 그레이의 〈하기나 해〉를 떠올리며 스스로에게 말했다.

끝을 가늠할 수 없는 거리에 목적지가 있다고 치자. 목적지에 어떻게 도달할 수 있을까. 걸어갈 수도, 뛰어갈 수도, 자전거를 탈 수도, 자동차나 기차 혹은 비행기를 탈 수도 있을 것이다. 어쩌면 걸었다가 뛰었다가 한 번쯤은 느릿느릿 기어도 가 보고 가능한 한 모든 수단을 경험할 수도 있겠지. 간발의 차로 기차를 놓쳐 한참을 손 놓고 기다려도 보고, 운 좋게 자동차를 얻어 타 보기도 하고 그러다 신호에 걸려 뒤따라오던 자전거에 따라잡히기도 하고… 만약 이 과정을 경주, 시합이라고만 생각한다면 나보다 앞서간 경쟁자들을 보며 괜히 운전자 탓, 자동차 탓, 신호 탓을 하며 조급해질 수 있을 것이다.

그런데 우리 그냥 이 과정을 여럿이 하는 경주가 아닌 혼자 하는 여행으로 한번 생각해 보면 어떨까. 빠르게 목적지에 도달하는 것이 아닌 즐겁게 목적지에 도달하는 것에 중점을 두자는 말이다. 나를 지나쳐 쌩쌩 달려나가는 타인들을 제하고, 오로지 나 혼자 나만의 여정을 즐겨 보자는 말이다. 모든 걸 스스로 결정하고 스스로 감당하는 것이다. 갈 땐 가지만 쉴 땐 쉰다. 쉬는 시간은 말 그대로 쉬려고 두는 시간이지 입시 때처럼 밀린 진도를 공부하기 위한 시간이 아니다.

걷기 싫어서 느릿느릿 가다가 우연히 지름길을 발견할 수도 있고, 히치하이킹을 시도하다가 소울메이트를 만나게 될 수도 있겠지. 어쩌면 죽어라 달려간 그곳이 슬프게도 내가 원하던 목적지가 아닐 수도 있고, 잠시 쉬어 가려고 들른 곳에서 기적처럼 내가 생각해 오던 목적지를 만날 수도 있다. 다시 되돌아오는 과정 또한 여정의 일부이다. 중요한 건 나만의 특별한 길을 발견하고 걷는 과정이다.

이처럼 인생은 목적지에 도달하는 것이 아니라 목적지를 향한 끝없는 분투 과정, 그 자체이다. 끝을 가늠할 수 없는 인생이지만 좌절할 필요는 없다. 나만 할 수 있는 둘도 없는 경험이고 새로운 자극이다. 중요한 건 그 과정을 어떻게 받아들일지, 어떤 식으로 해석하고 의미를 부여할 것인지에 달렸다. 그리고 그 모든 과정에서, 우리는 스스로를 믿어 줘야 한다.

오늘도 변화무쌍

초판 1쇄 2021년 1월 20일

지은이 최다빈

발행인 유철상
기획 정예슬
편집 김지현
디자인 조연경, 주인지, 최윤정
마케팅 조종삼, 윤소담

펴낸곳 상상출판
출판등록 2009년 9월 22일(제305-2010-02호)
주소 서울특별시 동대문구 왕산로28길 39, 1층(용두동, 상상출판 빌딩)
전화 02-963-9891
팩스 02-963-9892
전자우편 sangsang9892@gmail.com
홈페이지 www.esangsang.co.kr
블로그 blog.naver.com/sangsang_pub
인쇄 다라니
종이 ㈜월드페이퍼

ISBN 979-11-90938-32-7 (03810)

※ 이 도서의 국립중앙도서관 출판예정도서목록(CIP)은 서지정보유통지원시스템 홈페이지(http://seoji.nl.go.kr)와 국가자료종합목록 구축시스템(https://www.nl.go.kr/kolisnet)에서 이용하실 수 있습니다. (CIP제어번호 : CIP2020053525)